国家出版基金项目
NATIONAL PUBLICATION FOUNDATION

国家出版基金资助项目

项目编号：2018~076

"一带一路"大型系列丛书

总策划　戴佩丽
主　编　孙春光　副主编　马庭英

张仁幹 ◎ 著

新疆是个好地方

哈密往事

中央民族大学出版社
China Minzu University Press

图书在版编目（CIP）数据

哈密往事／张仁幹著. —2 版. —北京：中央民族大学
出版社，2021.12（2022.4 重印）

（"一带一路"大型系列丛书. 新疆是个好地方）

ISBN 978-7-5660-2008-6

Ⅰ.①哈⋯ Ⅱ.①张⋯ Ⅲ.①散文集—中国—当代
Ⅳ.①I267

中国版本图书馆 CIP 数据核字（2021）第 279897 号

哈密往事

著　　者	张仁幹
责任编辑	戴佩丽
责任校对	杜星宇
封面设计	舒刚卫
出版发行	中央民族大学出版社
	北京市海淀区中关村南大街 27 号　　邮编：100081
	电　话：(010)68472815(发行部)　传真：(010)68932751(发行部)
	(010)68932218(总编室)　　　　(010)68932447(办公室)
经 销 者	全国各地新华书店
印 刷 厂	北京鑫宇图源印刷科技有限公司
开　　本	787×1092　　　　1/16　　　　印张：10.75
字　　数	140 千字
版　　次	2021 年 12 月第 2 版　　2022 年 4 月第 2 次印刷
书　　号	ISBN 978-7-5660-2008-6
定　　价	45.00 元

前 言

"一带一路"倡议中，新疆定位于丝绸之路经济带核心区，并以日益凸显的区位优势和辐射效应，与 21 世纪海上丝绸之路逐步衔接。

在第二次中央新疆工作座谈会上，习近平总书记强调，要在各族群众中牢固树立正确的祖国观、民族观，弘扬社会主义核心价值体系和社会主义核心价值观，增强各族群众对伟大祖国的认同、对中华民族的认同、对中华文化的认同、对中国特色社会主义道路的认同。近年来，在以习近平同志为核心的党中央坚强领导下，新疆文化事业得到长足发展，对经济社会发展的引领作用不断增强，特别是随着稳定红利持续释放，文化创新呈现快速增长。实践充分证明，以习近平同志为核心的党中央治疆方略高瞻远瞩、英明睿智，只要坚定不移地贯彻落实党中央治疆方略，新疆形势就能朝着全面稳定的方向发展、就能实现社会稳定和长治久安，新疆经济就一定能够贯彻好新发展理念、推动高质量的发展。

"一带一路"倡议的实施是新疆地区走向现代化、融入现代化潮流、发展现代文化的一次新机遇。在这一背景下，《"一带一路"大型系列丛书——新疆是个好地方》出版项目正式推出，其目的就是要围绕中心、服务大局，弘扬主旋律，传播正能量，为推进新疆稳定发展提供了强有力的文化支撑。

丛书坚持党性与人民性相统一，不断增强中国特色社会主义道路自信、理论自信、制度自信、文化自信；坚持正确文化导向，团结、稳定、

鼓劲，弘扬正能量；紧紧围绕社会稳定和长治久安总目标，使文学作品服务大局，形成文化艺术的强大合力。丛书作品内容注重创新意识、创新观念、创新内容、创新形式，切实提高文学作品的传播力、引导力、影响力和公信力；坚持"高举旗帜、引领导向、围绕中心、服务大局、团结人民、鼓舞士气，成风化人、凝心聚力、澄清谬误、明辨是非、连接中外、沟通世界"。

丛书的出版发行，将对发展新疆区域文化产生积极的正面效应。基于此，我们遴选了疆内的数十位知名作家，通过报告文学、散文、诗歌、小说等形式，从不同的角度反映新疆现代文化发展，展示各民族同胞践行社会主义核心价值观以及逐步形成的进步、文明、开放、包容、科学的理念，讴歌各民族同胞团结互助的精神风貌和浓厚氛围，进一步增强各民族同胞之间的认同感，更好地维护新疆地区的长久稳定和繁荣助一臂之力。丛书视角独特、文字量浩繁、信息量巨大，让新疆人民可以真正全面地知道自己，让疆外的读者可以全面地认知新疆，也让世界客观地了解新疆、了解中国。

丛书得到了国家新闻出版署、中共新疆维吾尔自治区党委宣传部审读处、国家出版基金办的大力支持，使得这部丛书得以顺利出版。

编　者

写在前面的话

　　2007 年，由我主编的《哈密市志》出版。在首发式上，专家、学者与同行们异口同声地说："这是宣传哈密、推介哈密一个亮丽的窗口。"当时我想：像市志这样的大型资料书，20 年才能编修一次，换句话说，也就是 20 年才能创造一次这样的"窗口"。如果将在哈密留下过足迹的历史名人的光彩与哈密的重大事件挖掘一下，让它们从史书中走出来，诉说哈密历史的灿烂光辉，那么每一个在哈密留下过足迹的历史名人和哈密的重大事件不都是推介哈密、宣传哈密的一个亮丽的"窗口"吗？如果这样，不就年年甚至月月都可能有这样的"窗口"面世吗？于是，我开始研究在哈密留下过足迹的历史名人和哈密的重大事件，从远古的周穆王到 1950 年为新疆和平解放而献出生命的副师长罗少伟、到江苏支边青壮年在哈密经济建设社会建设中的伟大成就……每完成一位名人光彩事迹的撰写，我就在当地报刊上发表，使推介哈密、宣传哈密的"窗口"连绵不断，为读者创造一条条了解哈密历史、接受名人光彩事迹激励的精神链条。我发现每一个在哈密留下过足迹的名人和每一个重大历史事件都是那个时段哈密的一部历史，每一部这样的历史都在诉说着哈密那一历史时段的光辉。2016 年，我将我上述内容的文章收集在一起，相信将这些各自独立的"亮丽窗口"汇聚在一起，形成一个推介哈密、宣传名人历史光彩的精神灯塔，一定会激励各族民众在实现"两个百年"的奋斗目标中、在实现社会稳定与长治久安总目标

中不断拼搏前进，对哈密精神文化建设将是一件功德无量的事情。

于是，我按照这个想法，在"小车不倒就要向前推"的生活理念激励下，顶着年近耄耋的艰难，将这些文章汇集成册，真的就像预想的那样，看着书稿，透过书页，在我眼前闪烁的名人灿烂夺目的光辉和哈密重大事件诉说的历史光环，似乎深深地印入我的记忆，振奋我的精神，激励我奋进。一因文章记述的多为往事，文章涉及的主人公也多过世；二因这些文章都是以哈密区域内的事情为基础，所以我决定将书名定为《哈密往事》，似乎是名文相符、名副其实的。

哈密往事，这里是专指对在哈密留下过足迹的名人光彩的事迹和哈密重大史事的五彩光环。通过这些名人的光彩人生和重大史事的五彩光环，激励人们热爱祖国、热爱新疆、热爱哈密。这是我编辑的第一本《哈密往事》，今后会有更多的撰写名人光彩的文章面世，一定会有第二本《哈密往事》、第三本《哈密往事》……相继编辑成书，逐步形成推介哈密、宣传正能量的系列丛书，使《哈密往事》成为人们实现中华民族伟大复兴"中国梦"的一个重要的精神源泉。

《哈密往事》，是哈密文化大厦的一块基石，愿它在哈密文化大厦建设中焕发其独特的灿烂的光辉。

此文，权为《哈密往事》一书之代序。

作　者
2017 年 3 月

经过东天山走向世界的中华第一人

　　说到改革开放，说到中国人的对外交流，哈密人就会想起在 2000 多年前的西汉时，经过东天山走向世界的中华第一人——张骞，想到张骞"凿空西域"、考察和开辟了东西方交通通道丝绸之路的伟大功绩。

　　公元前 206 年 10 月，经过陈胜、吴广起义之后，继在六国的联合进攻下，秦朝灭亡，又经过 4 年的楚汉相争，直到公元前 202 年 2 月，汉高祖刘邦终于击败了西楚霸王项羽，建立了西汉王朝。但因西汉王朝建立之前，中原经历了秦始皇的 15 年残暴统治和秦末的 8 年战乱，经济凋敝，国力衰竭，民心思定。汉高祖面对较强大的北邻匈奴的侵袭和掠杀，采取"和亲"的办法，以减缓匈奴的危害，为民众争得一个休养生息、发展经济的机会，并为汉王朝争得一个巩固政权、加强中央集权的空间。后经文景之治，到汉武帝时，汉王朝已经国势强盛，政局稳定，皇权巩固，军壮力强。此时匈奴在西部屡屡生事，民众苦不堪言。为使国泰民安，汉武帝审时度势，决定招募使臣，前往西域，联合打击匈奴。张骞慨然应征，勇当重任，从此成为经过东天山走向世界的中华第一人。

张骞，汉中成固（今陕西城固）人。公元前138年（建元三年）应征，肩负结盟大月氏的重任，带领100多名随从，以胡人堂邑甘父为向导，从陇西（郡治在今甘肃临洮南）出发，很快进入河西走廊。当时河西走廊全部在匈奴的控制之下，正当张骞一行风尘仆仆赶路的时候，突然被匈奴骑兵包围，张骞一行哪能敌得过匈奴骑兵呢？不幸全部被俘，并被辗转遣送到匈奴王庭（今内蒙古呼和浩特境内），匈奴王军臣单于对张骞极尽威吓和诱骗之能事，威逼张骞投降，妄想张骞为匈奴效力。匈奴为了逼降，不仅强逼张骞娶匈奴女为妻，而且对张骞实行半囚禁式的监禁。但张骞却坚贞不屈，始终"持汉节不失"，从不为匈奴诱利所动，一面借匈奴妻的便利，考察匈奴的经济和地理环境；一面寻找逃跑的机会。说来也巧，张骞的诚心终于感动了上天，于9年后的公元前129年，张骞终于找到一个逃脱的机会，在堂邑甘父的指引下，张骞偕同匈奴妻和匈奴妻所生的儿子，率领尚存的随从，继续执行汉武帝联络大月氏共同抗击匈奴的重任。

张骞一行跋山涉水，风餐露宿，渴了就喝山沟水，饿了就靠堂邑甘父猎取野兽充饥，一面与风沙、干渴、饥饿搏斗，与野兽的威胁抗争；一面考察沿途的山川地貌、风土人情、经济结构。经过几个月的拼搏奋斗，张骞一行终于翻越了葱岭，到达了大宛。大宛早就听说过汉朝的富饶和强盛，想与汉朝互通使节，所以见到张骞一行十分高兴，不仅热情地接待了张骞一行，而且派出向导，护送张骞一行到康居，康居又派出向导将张骞一行护送到大月氏。谁知这时大月氏人已经征服阿姆河流域的大夏，这里土地肥沃，水草丰美，农业和畜牧业都很发达，大月氏人安居乐业，户口殷盛，已经"殊无报胡之心"了。张骞在大月氏逗留一年多时间，与大月氏人始终未能达成共同打击匈奴的协议，无可奈何，张骞决定回朝复命。这时张骞的随从只剩下堂邑甘父一人，为了避开匈奴的阻挠，张骞回途选择塔里木盆地和柴达木盆地绕道羌族地区的道路，谁知这个地区这时也被匈奴人控制，张骞一行不幸又被匈奴人掳

获。恰巧这时军臣单于去世，匈奴发生了争夺王位的内乱，张骞乘机逃出，于公元前 126 年（汉武帝元朔三年）回到了长安。

张骞于公元前 138 年西行时，共带随从 100 多人，于 13 年后的公元前 126 年回到长安时，除匈奴妻、子外，随从只有堂邑甘父一人。张骞这次出行，了解了这些地方的政治、经济、山川地貌、风土人情、物产资源诸多情况，以及匈奴之西的乌孙部族屡遭匈奴攻击的情况，使汉武帝对西域了解得更加深入和全面，增强了汉武帝武力打击匈奴的决心。为了表彰张骞和堂邑甘父的功劳，张骞被封为太中大夫，堂邑甘父被封为奉使君。

此后多年汉朝收复了自秦末就被匈奴占领的河套地区。汉朝立即在河套地区设置朔方郡（今内蒙古自治区杭锦旗北）和五原郡（今内蒙古自治区包头市西），兴建朔方城，重修秦长城，移民 10 万，定居朔方，充实了边防力量。

汉武帝为了彻底解决匈奴的骚乱，于公元前 119 年（汉武帝元狩四年）春，一面集中骑兵 10 万，命令大将军卫青领兵 5 万，西出定襄；命令骠骑将军霍去病领兵 5 万，东出代郡，决心给匈奴一次致命的打击。一面又在准备结盟乌孙，共击匈奴，斩匈奴"右臂"。张骞当仁不让，主动应征，得到汉武帝的赏识，被封为中郎将，再次率众前往西域。

张骞这次出行，成员多达 300 余人，每人备马两匹，携带牛羊万头，金帛价值亿万。张骞一行浩浩荡荡地通过河西，沿东天山西进，顺利到达乌孙驻地。张骞在乌孙期间，一面积极与乌孙王和大臣们沟通，一面派人，分赴大宛、康居、大月氏、大夏、安息、身毒、于阗（今新疆和田）、扞弥（今新疆于田县境内）等地，进行交流沟通。公元前 115 年（元鼎二年）夏，张骞一行终于回到长安。从此，张骞在汉朝与中亚各国之间架起了一座友谊的桥梁，不仅使汉朝政府对西域的自然环境、风土人情、社会经济、政治制度、交通路线等有了进一步的了解，而且"凿空"了东西方来往的通道丝绸之路，增进了汉朝与中亚、西

亚、东欧、北非各地人民的了解和往来。

张骞以其不朽的功绩被拜为大行，位列九卿，是汉朝政府专门负责贵宾接待和少数民族事务的高级官员。张骞两次前往西域，以其罕见的广博游踪和丰富见闻而闻名中外，成为经过东天山走向世界的中华第一人。

张骞两次去西域，不仅将中原的丝和丝绸带到了中亚、西亚、东欧和北非，而且十分重视考察西域农作物和搜集西域农作物的种子，葡萄、苜蓿等就是张骞从西域带回中原的。乐器中的胡角也是张骞带回内地的。继张骞之后，汉朝许多人，打着博望侯的旗帜，进行商业活动，史载"使者相望于道，一辈（批）大者数百人，少者百余人"，一年中"使多者十余（辈），少者五六辈"。他们从长安出发，经河西走廊，然后分南北两路。南路由玉门关西行，沿昆仑山北麓至莎车，越葱岭，出大月氏，到安息（今伊朗）；北路出玉门关西行，经伊吾（今哈密），沿天山南麓西行，越葱岭，到大宛、康居，再往西到安息，再从安息转去西亚、北非和欧洲的大秦。这就是历史上著名的丝绸之路。

又经过半个多世纪的艰苦努力，汉朝终于在公元前 60 年（宣帝神爵二年）于地处西域中心的乌垒城（今新疆轮台县东）设置了西域都护府，并任命郑吉为第一任都护，西域从此划入汉朝的版图，所以史载："汉之号令颁西域矣，始于张骞而成于郑吉"。

张骞两次到达西域，给东天山留下了永远传说不完的故事。

伊吾王兄弟守疆兴业

　　说到哈密封王，大多数人都会想到清朝的九世回王，或许有一部分人也会想到明朝的忠顺王，但若说到伊吾王，知道的人就不一定那么普遍，了解的情况就不一定那么多了。

　　说到伊吾王，还得从西晋说起。随着匈奴人刘曜于建兴四年（316）再次攻入京都长安，西晋王朝终于寿终正寝，中国历史上出现了南北分裂的混乱局面，中国南方成立了以汉族人为主体的东晋王朝，北方则出现了以匈奴、羯、氐、羌、鲜卑等民族为主体的许多政权迭立的混战局面，史称"五胡十六国"。仅河西走廊就有后凉、南凉、西凉和北凉四国迭立，伊吾王的故事就与这四国中的后凉、北凉和西凉有关系。

　　在北方各族的混战中，政权较大的有鲜卑慕容氏所建的中原地区前燕、氐族苻氏所建的关中地区前秦、汉族张氏所建的河西地区前凉和鲜卑拓跋氏所建的代北（今山西北部）地区代政权（建立于公元386年正月，同年改国号为魏，史称北魏，公元439年统一北方），其中苻氏所建的前秦逐步强大起来，一度成为北方十六国中较强大的政权。公元

375年，皇族苻坚发动政变，杀死他的叔叔、前秦皇帝苻生，继承了皇位。就在苻坚执掌前秦皇权期间，曾经派遣太尉吕婆楼之子吕光率兵出征西域，吕光攻破西域焉耆、龟兹等36国，获得了大批珍宝和马匹。在苻坚发动淝水战役失败后，吕光返回到姑臧（今甘肃武威），苻坚被害后，吕光于公元386年自称大将军、凉州牧、酒泉公。定年号为太安，三年后改称三河公，十年后改称天王。史称后凉。

在吕光执掌后凉政权期间，卢水胡人西平太守沮渠罗仇获罪被吕光所杀，罗仇侄儿沮渠蒙逊嫉恨，于公元397年起兵反吕光，推后凉建康（今甘肃高台县南）太守段业为使持节、大都督、龙骧大将军、凉州牧、建康公。段业入张掖，自称凉王，改年号为神玺，史称北凉。

段业建立北凉政权后，以敦煌太守孟敏为沙州刺史，以原陇西狄道（今甘肃临洮）地方豪族李暠为效谷令。孟敏死，敦煌护军郭谦等推李暠为宁朔将军、敦煌太守。段业建立北凉政权后，李暠诈臣于业，业封李暠为镇西将军。李暠，字玄盛，小字长生，汉朝将军李广之后。曾祖李柔，晋朝相国从事中郎、北地太守。祖李弇，张祚武卫将军。父李昶，早卒，李暠为遗腹子。李暠据镇西将军三年，即公元400年，拥兵自立，自称大都督、大将军、护羌校尉、秦凉二州牧、凉公，改年号为庚子，居敦煌，史称西凉，后迁酒泉。

李暠有三子，名为李歆、李恂、李翻。李暠死，李歆继承王位，两败于沮渠蒙逊，死后其弟敦煌太守李恂继位。李翻在李暠执政期间，署骁骑将军，祁连、酒泉、晋昌三郡太守。西凉开国功臣唐繇之女为李翻之妻，生一子李宝。李歆执政期间，唐繇长子唐契任晋昌太守，次子唐和署敦煌太守。

北凉永安元年（401），沮渠蒙逊杀吕光，夺得北凉政权，自称大都督、大将军、凉州牧、张掖公。北凉玄始元年（412）迁姑臧，改称河西王。北凉玄始九年（420），沮渠蒙逊进攻西凉，击杀李恂，掳李宝等皇室人员于姑臧。唐氏兄弟契、和诈降，沮渠蒙逊命令他们各任原

职。次年，唐契据晋昌起兵反击沮渠蒙逊，唐和率兵支援，第二年兵败，唐氏兄弟率众越过大漠，逃据伊吾，臣属于柔然。

柔然，核心部落为郁久闾氏，原来是东胡苗裔，依附于赫连，受迫于鲜卑。北魏登国九年（394），柔然举族西迁，直到以社仑为首领后，势力逐渐强盛，不断开拓疆域，地跨漠北，西到焉耆（伊吾为其属地）。唐氏兄弟契、和占据伊吾时，柔然可汗为大檀。

唐氏兄弟占据伊吾不久，西凉末代君王李宝从姑臧逃出，到伊吾投奔其舅，随之西凉民众投奔者多达两千多户。这是哈密历史上第一次大移民，也是河西先进的农业生产技术在哈密乃至整个西域的一次大传播、大普及。柔然为了有效地统治这些后迁入的汉族民众，封唐契为伊吾王。这是哈密历史上的第一次封王，这个王叫伊吾王，是河西汉族。

伊吾王唐契兄弟与李宝一起，对投奔民众"倾身体接，甚得其心"，投奔民众团结一致，励精图治，努力发展生产，积极参加军事训练，希望有朝一日能报仇雪耻。经过二十年的艰苦奋斗，哈密已是阡陌连绵，沃野千顷，畜壮仓满。就在这个时候，北魏太武帝拓跋焘于太延五年（439）亲征北凉，北凉王沮渠牧犍出降，北凉灭亡。沮渠牧犍的一个弟弟弥安侯、征西将军、沙州刺史、都督建康以西军事、酒泉太守沮渠无讳奔避晋昌；沮渠牧犍另一个弟弟屋兰县侯、乐都太守沮渠安周南逃吐谷浑。沮渠无讳在晋昌于次年起兵，聚众复国，沮渠安周返回支援。太平真君二年（441）沮渠无讳兵败，退守敦煌，遣弟沮渠安周西击鄯善。次年，沮渠无讳率万余家西徙，与沮渠安周会合，占焉耆，取高昌，据以为都，建立后北凉王朝。

伊吾王唐契兄弟与李宝看到北魏兴旺，加上原来属地敦煌空无人守，决定脱离柔然统治，臣属北魏，并由李宝率领投奔民众两千人首先返回敦煌。

李宝率众返回敦煌后，很得敦煌官民的欢迎。李宝立即"修缮城府，规复先业"，于太平真君四年（443）派遣弟弟李怀达奉表，诚心

归顺北魏。太武帝嘉勉李氏兄弟的忠诚，拜怀达为散骑常侍、敦煌太守；授李宝为使持节、侍中、都督西陲诸军事、镇西大将军、开府仪同三司、领护西戎校尉、沙州牧、敦煌公，仍镇敦煌，四品以下听承制假授。太平真君五年（444）李宝入朝，留京师拜外都大官。后转镇南将军、并州刺史。返回敦煌后除外都大官职。高宗初，代司马文思镇怀荒，李宝改授镇北将军。太安五年（459）去世，终年53岁。诏赐命服一袭，赠以本官，谥曰宣。

伊吾王唐契兄弟与李宝脱离柔然，臣属北魏的事被柔然察觉，考虑伊吾孤悬沙碛，柔然袭击难以回旋，伊吾王唐契决定与弟弟唐和西进高昌，但到高昌还没有站稳脚跟的时候，柔然部帅阿若已经率骑兵追到，唐和率五百骑进攻高昌，伊吾王唐契率兵截击柔然部帅阿若，在争战中不幸牺牲。哈密历史上第一个封王唐契只其一代，战死在西域疆场。其弟唐和无奈，退到车师前部，收拢将兵，自统其军，进攻沮渠安周所据的横截城，攻破后斩安周兄子沮渠树，安周败逃，唐和继又夺得高宁、白力两城，终于在西域争得立足回旋之基地。

太平真君六年（445），北魏散骑常侍、成周公万度归西征，唐和奉诏率领部众随征，攻破鄯善，鄯善王真达以臣属于北魏。太平真君九年（448）再次随万度归西征，攻占焉耆，焉耆王鸠尸卑那逃亡龟兹。唐和乘机说服了柳驴以东六城臣属于北魏，并与万度归一起击破波居罗城。次年，唐和与万度归同征龟兹，万度命令唐和镇守焉耆。此时，柳驴城主乙真伽率领原属部将据城叛变，唐和率领部众一百骑果敢地冲进柳驴城，擒获乙真伽，将其斩首，乙真伽原属部将全部投降，叛乱被平息；龟兹、破洛那、疏勒、员阔等国看到唐和这样英勇善战，以及万度归、唐和强盛的军事高压态势，全部入贡于北魏。太平真君十一年（450），沮渠安周进攻车师前部，此时车师前部王伊洛时恰好随万度归出征在外，子伊洛歇留守，城被攻破，伊洛歇率众西投其父伊洛时，唐和按照太武帝诏示，打开焉耆仓，赈济歇的部众，稳定了车师前部局

势。伊吾王唐契兄弟纵横西域近三十年，前二十年伊吾王兄弟与外甥李宝率领哈密民众，卧薪尝胆，奋发图强，为建设哈密、发展哈密做出重要的贡献。后十年，伊吾王弟弟唐和又率领部众奋战于西域，平息了反叛势力，为维护国家统一建立了不朽的功勋。正如《魏书》所载："西域克平，和有力也。"

正平元年（451），唐和被诏入朝，太武帝考虑唐和自从臣属于北魏后，率部转战于西域，为平定西域的反叛势力、维护国家统一建立了卓著的功勋，所以朝廷对和"特加厚礼"，拜和为镇西大将军、酒泉公。太安中（456—459），唐和出为济州刺史，征为内部大官，在评决狱讼、维护北魏政权稳定等方面又取得了显著的政绩。皇兴中（467—470）病逝，终年 67 岁，赠征西大将军、太常卿、酒泉王。谥曰宣。

伊吾王唐契只其一世，在位时间仅有二十几年，明朝的忠顺王传 9 世 109 年，清朝的哈密回王传 9 世 233 年，相比之下，伊吾王在位的时间最短，但伊吾王在位期间，迎来了哈密历史上一次最大的移民，"遗民归附者稍二千"，与大移民相连的自然就是文化的大交流、民族的大融合。伊吾王兄弟与西凉的末代君王李宝一起，率领汉族移民，创造了哈密农牧业生产空前的大发展、大振兴。伊吾王臣属于北魏后，不仅自己为抗击柔然献出了宝贵的生命，其弟唐和又为统一西域做出了卓越的贡献。唐和被召回京都后，又为振兴北魏政权奋斗了近二十年。伊吾王兄弟俩的一生，是奋斗的一生，是政绩丰卓的一生。

伊吾王兄弟俩在哈密，在西域，在整个中华大地，都留下了熠熠生辉的足迹。

薛世雄兵镇伊吾城

　　公元557年，宇文觉建立北周王朝，称为孝闵帝。三传至周宣帝（宇文赟），这是一个荒淫狂乱的人，次年就将帝位传给仅有六岁的儿子周静帝，由外祖父、上柱国大司马杨坚摄政。这给一向野心勃勃的杨坚篡位夺权创造了有利时机。大象二年（公元580年），杨坚自居大丞相，总知中外兵马事，平息反叛势力，威慑朝野，静帝于次年在其高压态势下，下了禅让诏书，外祖父"和平"地夺得了外孙的帝位，建立了隋朝，称为隋文帝。隋文帝相继平定氏族各部和宇文氏诸王的反抗，并于开皇七年（公元587年）和开皇九年（公元589年）相继灭掉了建都江陵的后梁和建都建康（今南京）的陈，结束了中国长达400年的分裂局面，统一了中原。接着，隋文帝又实施"躬节俭，平徭赋，仓廪实，法令行"等改革措施，从而创造了"君子咸乐其生，小人各安其业，强无凌弱，众不暴寡，人物殷阜，朝野欢娱"的一代盛世。然而，文帝在晚年却失去了建国初期的治国原则，生活上日趋奢侈，政治上日趋昏聩，偏信阿谀之风盛行，又酿成了次子杨广杀父夺嫡篡位的悲剧。公元605年，杨广即位称帝，称炀帝，年号大业，迁都洛阳。

炀帝是一个暴君，奢侈腐化，好大喜功，滥用民力，滥施酷刑，穷兵黩武。炀帝即位后，诏命吏部侍郎裴矩掌管张掖交易市场。裴矩对炀帝脾性很是了解，他利用掌管市场交易的权力与机会，采访参加交易的西域商贾，了解西域的山川地貌、民族姓氏、风土民俗、物产资源等情况，撰写成《西域图记》三卷，因此受到炀帝赏识，迁裴矩为黄门侍郎，并决定花功夫恢复中原王朝对西域的绝对领导权。

后由于裴矩的弄虚作假和炀帝的极度奢靡，导致伊吾吐屯设的背叛。隋炀帝当然不能容忍吐屯设的背叛，立即下诏，命令薛世雄为玉门道行军大将，银青光禄大夫裴矩为副，并诏命突厥启民可汗率骑，与薛、裴共击伊吾。

薛世雄，字世英，原为河东汾阴人，其先祖迁居关中。父回，字道弘，在北周时官至泾州刺史，隋文帝时封为舞阴郡公，领漕渠监，年老致仕，老死于家。世雄少年时代，与同龄人游戏，总是喜欢划地为城，将小朋友分为两方，一方守城，一方攻城，凡遇不听从命令者，薛世雄总是严肃处置，所以攻守双方总是队列整齐，攻守卖力。他的父亲看到十分惊奇，经常对人说："此儿当兴吾家矣！"世雄十七岁时跟随周武帝征伐北齐，屡立战功，被拜为帅都督。隋朝建立后，在平定氏族各部和宇文氏诸王的反抗以及在消灭后梁与陈的战斗中又屡立战功，"累迁仪同三司、右亲卫车骑将军"。炀帝时在平定番禺夷、獠之乱中又立新功，升迁为右监门郎将。随隋炀帝征讨吐谷浑后，又被升为通议大夫。薛世雄秉性廉谨，作战胜利后，对战败方不抢不掠，秋毫不犯，很得炀帝赏识。一次，炀帝对群臣说："我欲举好人，未知诸君识不？"群臣咸曰："臣等何能测圣心。"炀帝说："我欲举薛世雄。"大臣们一致叫好。

大业六年（公元610年），薛世雄率领骑步兵到达玉门，薛世雄决定率领部众西进，抢度戈壁荒碛。伊吾吐屯设认为隋军主要是内地汉人，对戈壁荒漠了解甚少，不敢西度荒碛，所以根本就没有设防。当他

获悉隋朝大军已经度过荒漠的情报时，薛世雄已经兵临伊吾城下了。吐屯设一看隋军那强大整齐的阵容，那威武雄壮攻无不克的气势，回想着薛世雄屡战屡胜的英雄一生，惊恐之余，度量自己那几个兵丁，如果坚守城池，与薛世雄对抗，要不了半天时间，就会城破人亡，身首异处。无可奈何，只得率众投降。薛世雄没费一兵一卒，威镇吐屯设举城投降的消息，像一股春风，不胫而走，很快传遍西域各国，一些本来想追随吐屯设背叛隋王朝的人，仍然坚定地拥护隋王朝。

吐屯设率众向薛世雄请降，"诣军门上牛酒"，邀请薛、裴进驻伊吾城。薛世雄进城一看，伊吾城不仅破旧不堪，而且城区太小，除当地居民居住外，余下之地就住不了多少屯田士卒。同时，城池南临大漠，地势平坦而开阔，军事上是一个易遭围困而又难于坚守的地方。伊吾是内地进入西域的第一座城池，对西域来说伊吾是门户，对东西方交通来说伊吾又是一座桥头堡。当时隋王朝的经济十分发达，东西方贸易量很大，伊吾在东西方贸易中承担着非常重要的任务。为了适应当时军事、经济形势的需要，薛世雄决定在城东另觅新址，重修伊吾城。经过考察，在城东发现一处地方，这里东临山水河道，河道两边沃野千里，树木葱郁，不仅是一个屯田的好地方，而且出玉门关，经安西、伊吾西行，比经敦煌、伊吾西行，不仅里程上缩短了好几百里，而且荒漠距离短，途中有水有草，道路也好走。薛世雄是一个治军严谨的人，说干就干，率领官兵没有几个月，一座崭新的城池就屹立在天山脚下了。

伊吾吐屯设所居的城池就是现在位于四堡的拉甫却克古城，它既是《后汉书·西域传》所载"十六年，明帝乃命将帅，北征匈奴，取伊吾卢地，置宜禾都尉以屯田"的屯城，也是北魏太和十七年（公元493年），鄯善人在高车人进攻下北逃伊吾居住的纳职城。薛世雄率领将士新修的城池就是现在的回城，当时号称新伊吾。

新伊吾城竣工后，西域人民都十分高兴，感谢皇恩浩荡，纷纷携带各种珍奇异物，以哈密为交易市场，与内地商贾进行交易，不仅将伊吾

变成中原与西域经济交流的中心和集散地，而且将伊吾的经济、文化都提升到一个崭新的层面，开创了伊吾史无前例的繁华局面。

薛世雄为了进一步巩固已经取得的胜利，保卫西域各国与中原商贾的正常交易，报经炀帝批准，特地设立伊吾郡，具体管理伊吾军、政事宜和市场交易，并命令银青光禄大夫王威率领甲卒千人驻守，一面屯田，开发伊吾，建设伊吾；一面预防吐屯设的余党再生事端。薛世雄将伊吾的各种善后安排妥当后，返回京都缴旨，炀帝十分高兴，将世雄晋升为正议大夫，赐物二千段；赐裴矩钱四十万。

薛世雄修筑的新伊吾城，到现在已有将近 1400 年的历史，明朝的忠顺王府、清朝的回王府都坐落在这座城里。到了清朝，先在城东北修了粮城，与之相比，这里叫老城，粮城称为新城。后在粮城西北又修了兵城，与之相比，兵城被叫作新城，粮城被叫作老城。20 世纪 30 年代的兵燹，薛世雄兵镇伊吾城和薛世雄率领吏兵修筑的新伊吾城被毁，但他们开创的伊吾史无前例的繁荣局面，却给东天山留下了一部厚重的历史，构成东天山文化的一个重要组成部分，现在应该花大力气去发掘它、研究它，让这部厚重的历史在新时代中也能释放出应有的光彩。

以身殉城的伊州刺史袁光庭

　　云南凉秃发利鹿孤的后人，占领了汉朝西羌的驻地，经过魏晋二百多年的发展，在北魏时期建国，国号为秃发，后人讹为吐蕃。国人称其王为赞普，都城建于逻些城（今拉萨）。到唐贞观八年（公元635年），出兵吐谷浑，掳掠其人畜，继破党项和白兰诸羌，力量大增，屯兵20万于松州西境，在向唐王朝进贡金帛的同时，要求和亲，在唐军的打击下退兵后仍然请婚，唐太宗许以文成公主。贞观十五年（公元642年）迎娶文成公主后，遣酋豪子弟到唐朝学习《诗》《书》，请唐朝有识之士教其礼乐，所以吐蕃发展很快。唐高宗嗣位后，吐蕃又邀请唐朝的蚕种和造酒、碾、纸、墨等各类匠人帮助他们发展养蚕业、加工业、手工业和文化事业，使吐蕃的农牧业生产和文化各类事业都得到了快速发展。到仪凤三年（公元678年），吐蕃人占领了羊同、党项和诸羌的全部所属领地，东与唐朝的凉、松、茂、隽等州相接，南到婆罗门，西又攻取龟兹、疏勒等四镇，北抵突厥，占地万余里，这时自汉、魏以来西戎各国中没有比吐蕃更强大的了。

　　唐中宗嗣位后，吐蕃赞普器弩悉弄卒，其子弃隶蹜赞继承赞普位，

中宗许嫁金城公主。睿宗即位后同意将河西九曲之地划为金城公主汤沐之所，九曲土地肥沃，既适合屯兵，又是极好的牧畜场所，并与唐朝紧密相接。吐蕃得到九曲后，以其为基地，经常进寇唐朝边境。

唐玄宗继位初期，唐朝经过武则天和唐中宗、唐睿宗的统治时期，政治昏暗，弊端丛生。唐玄宗针对当时的情况，实行了一系列的政治改革，例如裁汰冗员、抑制食封贵族、压抑佛教、发展农业生产、整顿财政等，使唐王朝出现了经济繁荣、社会安定、文化昌盛、国力强大的大好局面，在历史上称为"开元盛世"。但唐玄宗在其执政的后期，却又沉湎于酒色淫乐、欢歌笑语中，朝政荒废，军备废弛，奸臣当道，忠臣屡受贬斥和杀戮，国力日渐衰落，吐蕃人寇边也日渐频繁。天宝十四载（755），安禄山、史思明以诛杀奸臣杨国忠为名，率兵起事，史称"安史之乱"。吐蕃人乘机占领河西、陇右诸州之后，又觊觎着唐朝西域的广大地区。为了从河西打通西域之道，吐蕃人又越过大漠，进攻伊州。

此时伊州刺史为汉人袁光庭。袁光庭面对强敌，以保卫伊州为己任，积极动员伊州驻军和黎民百姓，坚决抗击吐蕃的进攻。在袁光庭的动员和引导下，伊州官民团结一致，大量储备粮草，积极制作守城器械，同仇敌忾，誓死保卫伊州城。当吐蕃军抵达伊州后，袁光庭早已做好守城准备，与伊州军民一起，击败吐蕃入侵者一次又一次的进攻。尽管吐蕃军在人数上数倍于伊州军民，但经过几个月的战斗，伊州仍然屹立于天山脚下。吐蕃人见伊州久攻不克，又对袁光庭玩弄诱降的伎俩，对袁光庭许以高官厚禄，对伊州民众许以不死等。但袁光庭与守城军民们坚贞不屈，决心与伊州共存亡，以死报国。袁光庭与军民一起揭露吐蕃的阴谋，严正地告诉吐蕃的进攻者：伊州是大唐王朝的伊州，伊州军民是大唐王朝的军民，人在城在，坚决战斗到最后一个人！吐蕃人看到伊州城虽仅为弹丸之地，人不足万，但却久攻不克，诱降又遭到坚决拒绝，认为唐王朝虽然正在全力对付内乱，没有力量西顾伊州，但伊州孤悬沙碛，给养补充困难，对守城者、攻城者都是一样的。如果大部队长

期留在大漠进攻伊州，必然会因后勤补给困难而先垮于伊州军民，所以决定改攻为围。留下一部分部队继续围攻伊州军民，大部分部队继续西进，向高昌、焉耆进发。

伊州军民在袁光庭率领下，在孤悬大漠断绝外援的情况下，团结对敌，共抗外侵，坚持战斗数年，军民无一人动摇退缩。粮食吃完了，牲畜宰光了，一切可以食用的东西也都吃完了，守城的各类器械在多年守城战斗中也都消耗光了。军民们有的在战斗中牺牲了，有的在长期劳累和饥饿中耗尽了最后的心血……袁光庭看到自己的部下一个接一个地在战斗中倒下了，守城民众一个接一个地在饥饿中离开了人世，心急如焚，但他心里明白，中央王朝在内乱频生中是很难抽出兵力对伊州进行救援的，他的唯一出路就是团结军民与吐蕃人进行持久战，谁能坚持到最后谁就是胜利者。在历经数年的漫长的守城战斗中，他身边能够参加战斗的人员，全部在与敌人的战斗中牺牲了，连老弱也不例外；不能参加战斗的人员也全部在劳累和饥饿中倒下了，连妇孺也难幸免，可敌人却还对城池猛烈地进攻。伊州城的陷落只是一个时间问题。摆在袁光庭面前的只有两条路：一是坐以待毙，敌人占领城池后，忍受敌人的羞辱，或许还能活命；一是毁掉自己，毁掉城池，让敌人占领的是一座废墟，是一片焦土，大唐王朝的州府怎么能让敌人占用呢?! 袁光庭反复思考后，毅然决定走后一条道路。夫人了解袁光庭的决定后，十分理解和支持袁光庭的决定。在敌人攻城的呐喊中，袁光庭杀死自己的妻儿，点燃了州衙，然后昂然地走进了州衙的冲天大火之中……

攻进城的吐蕃人看到袁光庭昂然走进熊熊火海的身影，无不为袁光庭的坚贞不屈、视死如归、忠于中央王朝的精神所感动。从袁光庭与伊州军民共同上演的这首官民共守伊州城，数年矢志不渝，最后殉城的千古绝唱中，深深认识到大唐王朝不可侮，大唐子民不可侮。

在伊州之后被吐蕃军围困的还有北庭都护府和安西都护府。当时北庭都护府府治所在地（今吉木萨尔境内）军民在节度观察使李元忠的

率领下，坚持守城，与吐蕃入侵者战斗多年；安西都护府治所在地（今库车）军民在四镇节度留后郭昕的率领下，亦与吐蕃军战斗多年。这两座府治直到建中年间还未被吐蕃人占领，他们遣人经过回纥汗国，通过羌人占领区，历尽艰辛，辗转数年，直到建中二年（公元781年）才到达京都长安。唐德宗得知李元忠、郭昕、袁光庭及其所属军民坚持与吐蕃战斗多年可歌可泣的动人事迹后十分感动，认为"自关、陇失守，东西阴绝，忠义之徒，泣血相守，慎固封略，奉遵礼教，皆侯伯守将交修共理之所致也"（《旧唐书》卷十二），立即下诏嘉奖参战军民："将士叙官，仍超七资"（《旧唐书》卷十二），封北庭节度观察使李元忠为北庭大都护，四镇节度留后郭昕为安西大都护、四镇节度观察使；追赠伊州刺史袁光庭为工部尚书。后在肃州建有名宦祠，伊州刺史袁光庭的塑像与汉代西域都护郑吉、定远侯班超等名臣塑像排列在一起，受后人的祭祀与敬仰。唐朝诗人于鹄以《出塞曲》为曲牌，专门作诗描述袁光庭孤悬沙碛，守城多年，以身殉城的动人事迹：

葱岭秋尘起，

全军取月支。

山川引行阵，

蕃汉列旌旗。

转战疲兵少，

孤城外救迟。

边人逢圣代，

不见偃戈时。

安史之乱致使唐王朝国力由盛而衰，无力西顾西域军民，至贞元六年（公元790年），北庭被吐蕃攻陷；至元和三年（公元808年），安西这座孤城孤军奋战了二十多年，最后陷落于吐蕃。直到这个时候，整个西域方才被吐蕃完全控制。但频繁的战争终于使吐蕃的国力比唐王朝

更加快速地由昌盛转入衰落，到长庆元年（公元 821 年），吐蕃在其国力已经衰竭到不堪再战的情况下，决定与唐王朝再次会盟修好（此前会盟修好已有数次），并于次年在其首府逻些城修建唐蕃修好会盟碑。这座碑至今还屹立于拉萨大昭寺前，向人们昭示着唐蕃修好的漫长历程。

袁光庭与他所属军民战斗数年，以身殉城的事情虽然已经过去一千二百多年了，但他们上演的这首动人心弦的千古绝唱，却激励着一代又一代的哈密人民，成为哈密人民永远的骄傲，永远的精神财富。

张义潮三战伊州

　　唐玄宗在执政后期，因为沉湎于歌舞酒色，朝政荒废，奸臣当道，外患频生，内忧连起，国力渐衰。天宝十四载（公元755年），三镇节度使安禄山以奉密诏诛杀杨国忠为旗号，在范阳举起反唐旗帜，发动兵变，史称"安史之乱"。安禄山、史思明率领叛军，气焰嚣张，长驱直入，很快占领了河北许多州县，河西、陇右的唐军精锐部队奉诏勤王，开赴内地。河西、陇右兵力空虚，给一直觊觎大唐领土的吐蕃奴隶主以可乘之机，开始显露他们吞噬大唐江山的野心。从乾元元年（公元758年）开始，河、陇各州唐朝守军相继受到吐蕃军的围攻，他们在孤立无援的情况下，与吐蕃进行殊死搏斗，有的唐朝守军坚持战斗多年，但这些州县的唐军终因孤军战斗，兵力悬殊，补给困难，所守城池相继沦陷。大唐王朝子民在吐蕃的铁蹄下，受到残酷的践踏和非人的蹂躏。

　　沙州是位于河西走廊最西端的一个城市，当时沙州刺史周鼎团结沙州军民，坚决抗击吐蕃，坚持数年，但因河西、陇右州县相继陷落的严峻态势，加之等援无望，吐蕃进攻兵力又有增无减等，周鼎对守城前途逐渐失掉信心，打算焚城东逃。城中军民强烈反对，意见对立，都知兵马使阎朝顺应民意，站在守城军民一边，缢杀周鼎，率领城中军民继续抗击吐蕃。城中断粮，阎朝就贴出告示，"出缣一端，募麦一斗"，民众踊跃响应，为保卫守城战斗的胜利，主动捐出家中所有粮食。守城战斗一直坚持了十一年，到建中二年（公元781年），城中虽然已经处在弹尽粮绝的绝境，但仍然坚持与吐蕃进行谈判，坚持为民众利益进行最后的斗争，直到在吐蕃将领绮心儿郑重承诺不遣散沙州民众的前提下，阎朝方才答应交出沙州城池。正因为阎朝争得绮心儿这个承诺，才得以保全沙州民众未被遣散，为日后反击吐蕃、光复大唐领土留下了火种。

与沙州军民一样先后遭到吐蕃军围困的还有西域的伊州、北庭、安西等地的民众，伊州刺史袁光庭在抗击吐蕃弹尽粮绝之际以身殉城，演奏出一首惊天地泣鬼神的千古绝唱。几十年后，当地民众仍然心向祖国，就在这种情况下，沙州人张义潮举起义旗，聚众反抗吐蕃奴隶主的反动统治。

张义潮，生于沙州，祖辈为沙州大族，父张谦逸祖籍河南南阳，官至唐朝工部尚书。张义潮兄名张义潭，后与张义潮携手共击吐蕃。姐名张媚媚，出家为尼，法名了空，今敦煌莫高窟156洞供养人第四比丘尼像就是张媚媚。张义潮生于吐蕃侵占沙州之乱世，亲身经历了吐蕃的残酷统治，对自己和大唐子民所处的非人地位非常不满，青少年时代就胸怀大志，手抄《无名歌》："天下沸腾积年岁，米到千钱人失计。附郭种得二顷田，磨折不充十一税。"他以此表示对在吐蕃统治下的河陇人民的深切同情，立志"誓心归国，决心无疑！"

大中二年（公元848年），张义潮在沙州民众的拥戴下，振臂一呼，万人响应，势如燎原，一举光复沙州，建立了反击吐蕃奴隶主统治的根据地。当时藏文资料中惊呼："喻如一鸟飞腾，百鸟影从，四方骚然，天下大乱。"恰在这一时期，吐蕃遇到严重饥荒，出现了"死者相枕藉"的悲惨情景。吐蕃赞普达磨因为禁佛而被僧侣刺杀，争夺赞普

嗣位的斗争在吐蕃内部又一浪高过一浪。唐王朝经过短暂的休养生息，国力得到一定恢复，看到吐蕃内部的激烈矛盾，乘机收复了陷于吐蕃的原州、乐州、秦州等三州和石门、驿藏、木峡、特胜、六盘、石峡和萧关等七关。吐蕃的内外交困，给张义潮义军的发展创造了更为有利的环境。

张义潮一面继续积蓄力量，向东收复被吐蕃占领的河西各州；一面向朝廷派出信使，奏报他们义军的发展，希望得到中央的支持和帮助。张义潮考虑河西当时大部分州县还为吐蕃人占领，害怕信使被吐蕃人拦截，决定派出十队信使，拿着同样的信件，同时从十个方向向京都长安进发，希望总有能够闯过吐蕃封锁线的信使到达长安，奏报他们与吐蕃斗争的情况，进而得到中央的声援和帮助。因为自从文成公主入藏以后，佛教在吐蕃人中得到广泛传播，如果以僧侣们为信使就更容易隐蔽，所以这十队信使中僧侣们占的比例较大，其中一队信使就是由敦煌高僧悟真带队的。真是天无绝人之路，十队信使，虽然有的被吐蕃军拦截，有的被广袤的大漠吞噬，但悟真带队的这一队信使却绕过了茫茫大漠，冲过吐蕃人的围追堵截，经过千辛万苦，终于到达大唐天德军的防区（今内蒙古乌拉特前旗），在天德军防御使李丕的护送下，于大中四年（公元850年）正月到达长安。张义潮信使的到达，轰动了朝野，轰动了长安城，唐宣宗万分激动，在河西被吐蕃占领近七十年的时间里，大唐子民依靠自己的力量，竟然夺回了自己的家园，其对大唐王朝的忠贞，是不言而喻的。唐宣宗感慨地说："关西出将，岂虚也哉！"并诏封悟真为京城临坛大德，以表对悟真及其一行功绩的奖励。

张义潮和沙州军民，连续收复了甘州和肃州；大中四年（公元850年），张义潮又率军西进，越过大漠，一战伊州。当张义潮所率义军进抵伊州时，伊州民众自动拿起武器，与义军并肩战斗，很快战胜了吐蕃，张义潮任命王和清为伊州刺史，带领伊州民众恢复生产和重建家园。

张义潮在已经收复的州县首先恢复唐制，重建州县乡里，重新登记人口、土地，按照唐制编制户籍，制定税赋制度；恢复唐朝习俗与文化，发展农牧业生产。

大中十年（856），唐宣宗诏命御史中丞王瑞章一行前往西域，册封从漠北被黠戛斯打散南迁西州的回鹘首领，当王瑞章行至伊州境内纳职县附近时，被叛贼杀害。王瑞章随从陈元弘逃到沙州向张义潮求救，张义潮十分震怒，在他的统辖区内，怎么能容忍杀害朝廷官员的反叛行为存在呢？张义潮决定二战伊州。当即率领义军骁勇，快速地越过大漠，以迅雷不及掩耳之势，包围了纳职县城，严惩了反叛者，维护了大唐王朝的尊严和国家的统一，同时也维护了他代表朝廷任命的伊州刺史王和清的地位和威信。

就在张义潮凯旋沙州不久，张义潮接到情报，说有乱贼要劫掠当地百姓，这使他更加震怒，决定三战伊州。当即率领部众对劫掠者进行了严惩，使其仓皇逃窜，再次维护了国家的尊严。

咸通四年（公元863年），张义潮派遣他的侄儿张淮深率领七千义军，收复仍被吐蕃占领的河西最后一座城池凉州。第二年，朝廷重新设置凉州节度使，统领凉、洮、西、鄯、河、临六州，归义军节度使张义潮兼领凉州节度使。义军乘胜回军西进，经伊州直捣西州，于咸通七年（公元866年），正式光复西州。从此，河西被完全打通。河西民谣赞颂道：

> 河西沦落百余年，
>
> 路阻萧关雁信稀。
>
> 赖得将军开旧路，
>
> 一振雄名天下知。

咸通十三年（公元872年），张义潮病逝于京都，享年七十四岁。张义潮是晚唐时期一位声名赫赫的将军，张义潮的一生，是为维护

祖国统一做出卓著贡献的一生。沙州人民为了纪念这位曾救他们于水火、并使他们重新回归祖国怀抱的大英雄大恩人，在敦煌石窟第 156 洞供养人画像中画下了气魄极为雄伟的张义潮夫妻出行图，表达对张义潮伟大功绩永远的纪念。张义潮三战伊州，维护国家尊严和伊州人民利益的卓越功勋，是哈密历史上绚丽夺目的光彩篇章。

拓展丝绸之路的伟大功臣陈诚

　　说到丝绸之路，人们就会想到经过东天山走向世界的中华第一人——凿空丝路的博望侯张骞，想到汉唐以来中原与西域之间"使者相望于道，一辈（批）大者数百人，少者百余人""使多者十余（辈），少者五六辈"的繁华景象，岂不知中国历史上还有一位经过哈密拓展丝绸之路的伟大功臣，他虽不是丝路的"凿空"者，但他却是丝路的拓展者，他的历史功绩虽然难与张骞相媲美，但他却是张骞之后拓展丝路功劳最大的人，可以与张骞互相辉映。这个人就是明朝五次前往西域的陈诚。

一

　　陈诚（1365—1457），字子鲁，号竹山，吉州吉水（今江西吉水）人。洪武二十七年（公元 1394 年）中进士，授行人（即通使、使者）。一使西域与安南谕夷后升任吏部主事，永乐初升任吏部员外郎，五使西域中途返回后升任广东参政，但陈诚辞未就职。陈诚五次前往西域的情况如下：

　　明太祖朱元璋于元至正二十八年（公元 1368 年）推翻了元朝的统治，建立明王朝，定年号为洪武。洪武二十九年（公元 1396 年）三月，明太祖派遣行人陈诚前往西部撒里畏兀尔。这是陈诚第一次西行。陈诚不辱使命，在撒里畏兀尔地区重建安定、曲先、阿端三卫（卫是明代军队编制名，防地可以包括几府，一般驻在某地即称某卫，如哈密卫、阿端卫等。卫设指挥使，下设千户、百户。大抵五千六百人称卫，大部分屯田，小部分驻防，军饷大部分由屯田收入支付），快速地恢复了撒里畏兀尔地区的社会秩序，保证了丝路的通畅。永乐十一年（公元 1413 年）明成祖决定，加大明王朝对西部贡赐贸易的力度。此时陈诚已经升任吏部员外郎，因其卓越的外交才能被选中，与中官李达、户部主事李暹、指挥金哈蓝伯等。西行，这是陈诚第二次奉命前往。永乐十三年（公元 1416 年）陈诚等返回时，撰写了《西域行程记》与《西域番国志》，为明王朝了解西域、制定对西域各国的贸易政策提供了翔实的资料，所以明成祖非常赏识陈诚。在次年六月陈诚第三次奉命西行。永乐十五年（公元 1418 年）陈诚返回，次年 10 月前往西部，陈诚再次率团西行，这是陈诚第四次前往西域，至永乐十八年（公元 1421 年）十一月返回。永乐二十二年四月（公元 1425 年）陈诚第五次受命去西域，可惜于同年十一月走到甘肃时接到明成祖驾崩的信息，奉命返回。在明太祖、明成祖对四邻贡赐贸易最发达的时期，水路上郑和七下西洋，为中华民族第一次在海洋奠定了基业；陆路上陈诚五次西行，为拓展丝绸贸易，立下了不朽的功勋。这是明朝历史上两位永载史册的外交家。

二

　　时势造英雄。陈诚五次西行，除了拓展了丝绸之路，建立了不朽的功勋，还为历史留下了不朽的著作和描写沿途风景的诗文。

　　陈诚等一行在途中前后共达九个月零一天，与户部主事李暹合作，

以日记的形式，从东而西，记述沿途里程、山川地貌、风物气候、驻地等情况，定名为《西域行程记》。

陈诚为了抒发"书生不惮驱驰苦，愿效微劳答圣朝"的心志，在西行途中还写了不少诗文，描写西域沿途的山川风光与绿洲城国，抒发其豪情壮志。例如现在搜集到的描写今新疆东疆风光的诗文有如下数首：

复过川

世事应如梦，胡川又复过。

古今陈迹少，高下断崖多。

识路寻遗骨，占风验老驼。

夷人称瀚海，平地有烟波。

流沙河

桃李花开日载阳，流沙河浅水如汤。

无端昨夜西风急，尽卷波涛上小岗。

哈密城

此地何由见此城，伊州哈密竟谁名？

荒村漠漠连天阔，众木欣欣向日荣。

灵凤景星争快睹，壶浆箪食笑相迎。

圣恩广阔沾遐迩，夷貊熙熙乐太平。

鲁陈城（古柳中城）

楚水秦川过几重，柳中城里遇春风。

花凝红杏胭脂浅，酒压葡萄琥珀浓。

古塞老山晴见雪，孤村僧舍暮闻钟。

羌茜举道遵声教，万国车书一大同。

火焰山

一片青烟一片红，炎炎气焰欲烧空。

春光未半浑如夏，谁道西方有祝融。

哈密火州城 （火州城即高昌故城）

高昌旧治月氏西，城郭萧条市肆稀。

遗迹尚存唐制度，居人争睹汉官仪。

梵宫零落留金像，神道荒凉卧石碑。

征马不知风土异，隔花犹自向人嘶。

土尔番城

路出榆关几十程，诏书今到土番城。

九重雨露沾夷狄，一统山河属大明。

天上遥瞻黄道日，人间近识少微星。

姓名不勒阴山石，愿积微勋照丹青。

过打班 （打班即达坂）

四月阴山雪未消，山行犹若涉岩峣。

才踰马道穿三峡，又蹑丹梯上九霄。

西日衔山胡地冷，南天极目故乡遥。

书生不惮驱驰苦，愿效微劳答圣朝。

崖儿城 （交河故城）

沙河二水自交流，天设危城水上头。

断壁悬崖多险要，荒台废址几春秋。

这些诗文与《西域行程记》《西域番国志》一起，共同构成了异彩纷呈的画卷。《西域行程记》与《西域番国志》被载入《明实录》和明朝编修的《明一统志》，清朝编修的《明史·西域》也多采用这两本书中的内容。它们是研究西部政治、经济、文化的第一手资料和宝贵文献。

陈诚五次西行，加强了政治、经济与文化的交流，巩固和拓展了丝绸之路。从这个意义上讲，既可与汉朝凿空丝路的张骞相互辉映，又可与同朝七下西洋的郑和相媲美，是明王朝的重大盛事之一。在陈诚五使西域的促进下，丝绸古道上再现了商旅相望于途、使节络绎不

绝的盛况。

这不仅是明代历史中的光辉灿烂的一页，也是哈密历史中永远闪光的一段史迹。陈诚第五次西行中途受命返回后，致仕回乡，悠游于林下三十余年，著有《竹山文集》传世，最后以九十三岁高龄卒于家。陈诚这种能官能民、能上能下的博大胸怀，亦令后人赞叹与敬仰。

一生献给边疆的岳钟琪

一

说到岳钟琪，我们就会想到巴里坤的岳公台，想到岳钟琪率部修筑的巴里坤汉城（当时汉族的聚居地，下同）与满城，想到雍正十年（公元1732年）正月准噶尔对哈密侵扰时岳钟琪的救援……岳钟琪一生戎马，屡立战功，殚精竭虑地维护祖国的统一，维护边疆的稳定和巩固，顾大局，识大体，蒙冤而无怨，乾隆皇帝把岳钟琪列为五功臣之一，称岳为"三朝武臣巨擘"。

岳钟琪是岳飞的二十一世孙，字东美，号容斋，原籍相州汤阴（今河南省汤阴市）人，其父岳升龙康熙十四年（公元1676年）任庄浪（今永登）守备，次年生钟琪。

岳钟琪出生在军营，从小跟随父亲戎马沙场，受到军旅生活的濡染，年少时就喜欢军旅，和同伴的游戏，常常是用石头布阵打仗，对违背规则者严厉惩罚，同伴们都畏惧他的厉害。读书之余，常常和军士们说剑论兵，所出奇招，军士们无不佩服。康熙三十四年（公元1695

年），钟琪19岁，任捐纳同知（文官）。康熙三十五年（公元1696年），其父岳升龙跟随康熙帝征剿准噶尔汗噶尔丹立了大功，被提拔为四川提督。后在西藏营官喋吧昌侧集烈入据河东诸堡事件中被夺官，但喋吧昌侧集烈击杀明正土司蛇蜡喳吧后，皇帝命令升龙随提督唐希顺讨之，事件平定后，唐希顺因病解职，皇帝仍命升龙任提督。康熙四十八年（公元1709年），升龙因母亲年过九旬，向康熙皇帝请求致仕侍母，并提出入籍四川，获准后定居金堂县栖贤山下的松秀山，岳钟琪随之入了川籍。第二年，由于边地战事频仍，边民们屡遭骚扰，为了平息叛乱，岳钟琪毅然请求由文职改作武职，任了四川松潘镇中军游击，从此踏上戎马生涯的征程。

岳钟琪在平定准噶尔汗策妄阿拉布坦的叛乱中出奇兵，献奇计，剿抚并用，以番攻番，崭露他运筹帷幄、决胜千里的军事才能，深得噶尔弼的赞赏。康熙六十年（公元1721年）春，岳钟琪晋升左都督，五月升任四川提督，闰六月赏戴孔雀花翎。

雍正七年（公元1729年）三月，诏令领侍卫内大臣、二等公傅尔丹为靖边大将军，屯阿尔泰，为北路军；三等公、川陕总督岳钟琪为宁远大将军，加封少保，屯巴里坤，为西路军，并以四川提督纪成斌参赞军务。岳钟琪率领大军抵达巴里坤，一是修筑了东西两城，以储备军粮。二是修筑天山栈道，拓宽军需物资流量，并在城乡修道路、建房屋、扩街道、种粮草，保证后勤没有后顾之忧。三是根据当时新疆作战的具体特点，创造了车骑战术，即造宽两尺①、长五尺的战车，一人推车，四人护卫，五车为伍，二十五车为乘，百车为队，千车为营。行军时车载军械粮草，驻防时以车为营盘，打仗时两车居前冲锋，三车充当后卫，其余五队护卫大营。这是一套既可保证后勤供应，又能抗击骑兵进攻的战术。四是积极练兵，严谨治军，不断提高部队的战斗力。岳钟琪在巴里坤驻防三年，尽管后来蒙冤下狱，但给巴里坤留下不少传闻

---

① 1尺约为33.33厘米。

轶事。

相传，岳钟琪修筑巴里坤的汉城时，每次把北城墙修好，当天晚上城墙就轰然倒塌，令人束手无策，岳钟琪也一筹莫展。一日中午，岳钟琪在帐中苦思良久，不知不觉就睡着了。梦中，一位须发皆白的老者飘然入帐，对岳钟琪说：以白马拖的缰绳印痕为城基就能修好。岳钟琪问白马在哪里？老人挥手说：你到帐外自然就看见了。岳钟琪对老人深施一礼说：多谢老者，不知你是何人，城墙修好，必当再塑金身。老人笑道：我乃你的二十一世祖岳飞是也。见你城墙总是修不好，特来相助。说完就不见了。岳钟琪惊醒，直奔帐外，只见北城墙外一匹白马拖着缰绳正在奔跑，跑了一圈后向西奔入蒲类海，一闪就不见了。岳钟琪赶紧命人把白马的缰绳印痕记下来，然后沿印痕修筑城墙，从此城墙再也没有倒塌。修好后的城墙周长 1183 丈，高 2 丈，底宽 2 丈，顶宽 1 丈。汉城开有四门：东门名"承恩"，西门名"得胜"，南门名"沛泽"，北门名"拱极"。城墙上有门楼四座，瓮城有门楼四座，垛口 3600 个，炮台 7 座，马道 8 座。城周有护城河，吊桥 4 座。城中央筑有钟鼓楼，城内有 4 条大街，南大街筑有左、右营，为军士住房，东西北三条大街，均为民房。巴里坤绿营兵城与伊犁惠远城、乌鲁木齐巩宁城、奇台孚远城后被称为新疆四大名城，皆为稳定西部边陲的堡垒。

雍正十年（公元 1732 年）至乾隆二年（公元 1737 年），岳钟琪蒙冤入狱。乾隆二年（公元 1737 年）春夏之交，岳钟琪终于结束了长达五年的牢狱生活。在这五年中，岳钟琪写了大量诗作，并命名为《蛰吟集》。

出狱后，岳钟琪首先想到祖坟看护问题。他的祖坟在平番，他已随父入了川籍，他戴罪自审是必须回到四川的，他的家财由于他入狱已经变卖精光，无力雇人看管，所以只得向友人求助。现将岳钟琪给庄浪卫同乡、旧部西宁镇总兵张世伟的信全文录下：

> 西征共事，素仰雄才，湟水建牙，企瞻威望。曩在京师，荷承

厚赉。弟旋蒙特旨，放归田里，柴门薪屋，仍沾雨露之恩；短褐牛车，获享田园之乐，何莫非圣恩高厚也。兹启者，平番祖业，变价入官，闻老镇台先生用价买得，素知老镇台先生道义居心，而此举或有深意，故敢琐渎清听。缘弟一门隶川籍，而故乡先茔拜扫乏人，今欲令四舍弟仍归原籍看守坟茔，奈无栖身之地，亦乏糊口之资。万不得已，只得赧颜相恳，倘承老镇台先生俯准取赎，则老茔拜扫有人，不独弟一门感德，而凡属同乡无不共仰高谊矣。弟建宁镇大舍弟及大小儿，俱因丁艰回籍，力不从心，先备欠约一纸，统俟明岁补官之日，差如数奉上，决不食言，不识台意以为可否？今遣奴子叩谒崇阶，兼贺新禧。临池神邅，曷胜翘切！年家眷弟岳钟琪拜。

从上信，一可明显看出岳钟琪常怀敬祖之心。二可明显看出他虽身陷囹圄，却并无怨意。三可明显看出他对重见光明充满信心，"统俟明岁补官之日"。

回到成都，作为"犯官"，不便住到仍在做官的儿子家中。于是，他在成都郊外百花潭浣花溪畔结庐为舍，取名"姜园"。姜园四周有村舍农家，稻田麦地，堤柳岸杨；姜园内木屋平房数间，还有竹林池塘、马厩牛栏、鸭棚鸡圈。优雅的山居风光，悠闲的田园生活，安逸稳当。平日里，他一身布衣木屐，粗茶淡饭，或漫步于乡间田埂，或聚集老农于树下闲话桑麻，或夜读《楞严佛经》。一天，回到金堂县老家，在城南十五里的龙尾寺拜佛，盘桓晚了，留宿寺中，写下《夜宿龙尾寺》一诗：

> 清漏迟迟月转廊，
> 声喧梵呗宝凝香。
> 只缘未断凡尘梦，
> 犹作封侯梦一场。

（此诗后来收入《姜园集》）

从这首诗中可以明显看出，岳钟琪在蒙冤期间，不仅没有怨恨，反而时刻不忘国家安危，时刻不忘奔驰在沙场上为国立功，"犹作封侯梦一场"。巴里坤人为了纪念岳钟琪在维护边疆稳定中的功绩，为他蒙冤鸣不平，一是修建岳王庙，纪念其祖岳飞。每到元宵节，人们到岳王庙进行祭祀，举行"垒旺火，烧秦桧"的活动，诅咒那些历史上陷害忠良的贼臣。二是将岳钟琪在巴里坤驻防期间阅兵的地方命名叫岳公台，纪念岳钟琪，列为巴里坤八大景之一。岳公台位于巴里坤南山，背倚雪山，面向草原，顶部平坦圆形，海拔 2325 米，就像一个人工堆砌的高台，山顶野草茂密，山下泉涌瀑布，两侧峡谷幽深，林木密布，山势雄伟，"前有八阵奇门，两旁能容万马"。岳钟琪率领大军到达巴里坤后，就将大营安在这座小山上，练兵点将，屯田种植，创办马场。

这座小山，原名叫五指山，因为从小山侧面看，山体的形状如同巨人的手掌，五指和掌心脉络清晰可见。

岳钟琪一生戎马于祖国统一与边疆稳定，将生命耗尽于巩固边疆的使命中。岳钟琪曾于哈密驻防三年，在哈密历史上留下了光辉灿烂的一页。至今巴里坤人仍以"岳台览胜"景点自豪，"垒旺火，烧秦桧"的活动早已形成民俗文化，将永远印记于巴里坤人的生命中。

林则徐^①谪戍二三事

从 19 世纪 20 年代起，英美等列强加紧对中国的侵略，大量向中国输入鸦片，不仅使中国白银大量外流，而且严重地损害中国人的健康，给中国人民带来深重灾难。到 1837 年，英国向中国输入鸦片多达 3 万箱，直接威胁着清王朝的统治。1838 年 12 月，清道光皇帝任命林则徐为钦差大臣，节制广东水师，前往广东查禁鸦片。林则徐以国家利益为重，以为民造福为宗旨，与两广总督邓廷桢同仇敌忾，协力查办。一面整备海防，严阵以待；一面区别外商，孤立烟贩。次年 3 月，严令英美烟贩交出鸦片 237 万多斤，在虎门海滩当众销毁，令全国人民拍手称快，令列强们胆战心惊。这就是震惊世界的"虎门销烟"。虎门销烟既表明了中国人民的民族尊严和浩然正气是不可亵渎和毁灭的，又揭开了近代中国人民反殖民主义斗争的序幕。1840 年 1 月鸦片战争爆发，林

① 林则徐：1785 年 8 月 30 日~1850 年 11 月 22 日，汉族，福建侯官人（今福建省福州），字元抚，又字少穆、石麟，晚号俟村老人、俟村退叟、七十二峰退叟、瓶泉居士、栎社散人等。是清朝后期政治家、思想家和诗人，是中华民族抵御外辱过程中伟大的民族英雄，其主要功绩是虎门销烟。官至一品，曾任江苏巡抚、两广总督、湖广总督、陕甘总督和云贵总督，两次受命为钦差大臣。因其主张严禁鸦片、抵抗西方的侵略、坚持维护中国主权和民族利益深受全世界中国人的敬仰。

则徐一面严密设防，一面操练义勇，使英军在广东的侵略阴谋不能得逞。英军无奈，沿海北上，攻占浙江定海，直逼天津大沽口。清廷迫于英、美等列强的军事压力，加上投降派的陷害，1840 年 9 月林则徐被革职。但林则徐却以"苟利国家，岂避祸福"这种极为豁达的态度对待自己的不平遭遇，仍然一心想着为民造福、为国谋利的事，当清廷于1841 年春予以四品卿衔，命赴浙江镇海协防时，林则徐又满怀豪情地奔赴抗英海防第一线，被抗英民众称为"清官"。同年 5 月，林则徐再遭革职，并令遣戍伊犁。恰在此时，开封黄河决堤，皇帝命其"襄办塞决"，为了黄河两岸民众不致"久为鱼鳖"，他又毫不犹豫地投入修复决堤、赈济灾民的事业中，被灾民们称为"林青天"。1842 年 5 月竣工后，只在西安养病了两个月，就决定扶病出关，奔赴戍所。

林夫人看到林则徐那因劳累而瘦弱多病的身体，想到他一生受到的不公待遇，以及到戍所伊犁几千里路程的艰辛，很为他担心和不平。但林则徐却坦荡幽默地说：宋代有一个隐士，名叫杨朴，善于诗词，宋真宗召见他，想让他入仕做官，问杨："你这次来，有没有人给你赠诗？"杨朴从容地回答："友人却未见赠诗，臣妻倒有一首，臣妻说：'更休落魄耽杯酒，且莫猖狂爱咏诗。今日捉将官里去，这回断送老头皮。'"真宗听后大笑，认为杨朴无意做官，就将他放回家园。无独有偶，大诗人苏东坡赴诏狱，妻儿相送，皆伤心啼哭，东坡却幽默地对夫人说：'你何不学习杨处士的夫人那样也送我一首诗呢？'夫人面对丈夫这种临危镇静、意气风发的态度，不禁破涕为笑，坦然而别。林则徐讲着典故，同时也被典故中主人公的坦荡胸怀所感动，遂赋诗二首：

> 出门一笑莫心衰，浩荡襟怀到处开。
> 时事难从无过立，达官非自有生来。
> 风涛回首空三岛，尘壤从头数九垓。
> 休信儿童轻薄语，嗤他赵老送灯台。

力微任重久神疲，再竭衰庸定不支。

苟利国家生死以，岂因祸福避趋之！

谪居正是君恩厚，养拙刚于戍卒宜。

戏与山妻谈故事，试吟断送老头皮。

林夫人深深地被丈夫那种坦荡忠诚、一心为国的精神以及他那"出门一笑莫心哀，浩荡襟怀到处开"大度豁达的心态所感动，欣然命其子护送丈夫上路，坦然地与丈夫作别。

林则徐于1842年7月11日从西安动身，10月26日经哈密继续西行，12月10日终抵戍所伊犁惠远城，途中历时4个月又3天。在漫漫长途中，虽然"扬沙瀚海行犹滞，啮雪穹庐味早谙"，但林则徐却始终想着抗英前线的军民，想着国家的安危。"只身万里外，休戚总相关""关山万里残宵梦，犹听江东战鼓声"。当林则徐行至嘉峪关时，先于他早已谪戍伊犁的两广总督邓廷桢听到消息后欣喜异常，积极为他张罗住房，在惠远城南街鼓楼前东边第二巷（又称宽巷）借得一处住房，使林则徐长途跋涉后终得一个安身之所。

惠远城是伊犁将军的署所，是新疆政治、军事、经济的中心，惠远城里商店林立，贸易发达，素有"小北京"之称。将军布彦泰久闻林则徐的英名，对林则徐虎门销烟的行为极为尊崇，加上对林则徐重视农业、具有兴修水利的丰富经验等情况很是了解，所以林则徐一到惠远后，立即委托他管理粮饷，并协助办理屯垦和水利。林则徐为在谪戍期间还有为国谋利、为民造福的机会和权力而感到高兴，主动向布彦泰提出捐办阿齐乌苏垦地的要求，被布彦泰采纳。为解决阿齐乌苏垦区的灌溉水源问题，决定修筑水渠，引哈什河之水为灌溉水源。林则徐又主动上呈请布彦泰，"情愿认修龙口工程，借以图报"。在林则徐的组织下，各族人民齐心协力，历时4个月，花了10万人工，终将龙口北岸陡坡上的碎石搬运到南岸，修建了堤坝，建成了6里多长的坚实水渠。此时其他渠段的工程也按时竣工，贯通成一条200多里长的大水渠，将哈什

河水引入 10 万亩①地的阿齐乌苏垦区，为解决新疆因协饷拖欠所造成的困难立下了不朽的功劳。这条渠后人称为"林公渠"，至今仍是当地农牧业生产的一条重要的引水渠道。

由于林则徐勘垦阿齐乌苏屯田和修筑引水渠道卓有成效，道光皇帝又批准林则徐与喀喇沙尔办事大臣全庆经办全疆勘测垦田事宜。林则徐立即与全庆一起，"累月边庭并辔行"，精神抖擞地奔波在南疆查勘屯田和筹划水利工程上，虽年老体衰，但却豪情满怀，"西域遍行三万里，斯游我亦浪称雄"，并以"荒碛长驱回鹘马，惊沙乱扑曼胡缨"的艰苦生活自勉，历时近一年的时间，纵横两万多里，足迹踏遍了南疆库车、阿克苏、乌什、叶尔羌、和阗、喀什噶尔、喀喇沙尔等南疆七城的每一块垦田，查勘可垦荒地 68 万亩。林则徐与全庆每到一处，就与当地民众一起，浚水源，辟渠道，兴修水利，教民耕作，制作纺车，教民纺织。林则徐精心研究屯务和发展边疆生产的措施，提出了不少有利于发展边疆经济的好建议，特别在他和全庆管理伊拉里克的屯务期间，使本无坎儿井的伊拉里克的坎儿井一下子发展到 60 多道，是吐鲁番原有坎儿井数量的两倍。由于林则徐努力发展屯垦生产，虽然只有短短的三年时间，但当时的新疆已经出现了一片田园丰收、牲畜繁衍的可喜景象，深得当时民众的广泛传颂。当林则徐被"著饬回京，加恩以四五品京堂候补"后，人们即将林则徐提倡和推广的坎儿井叫作林公井，将林则徐努力倡导的纺车叫作林公车，既是对林则徐的最好纪念，又是对林公的最好褒奖。

1845 年 10 月，林则徐正与全庆料理伊拉里克屯务，接到道光皇帝要他踏勘哈密塔勒纳沁官荒地亩的谕旨，林则徐立即奔赴哈密，24 日经哈密赴塔勒纳沁，在 29 日返回哈密的途中，突然有数百人环跪道旁，手举状纸，齐声呼冤。林则徐仔细查问，发觉这些人中军民绅商都有，异口同声地申诉回王伯锡尔霸占官田、欺压百姓等种种不法行为。林则

---

① 1 亩约为 666.67 平方米。

徐认为这是关系民生的大事，自己虽然为谪戍边疆的"罪臣"，但不能置民生利益于不顾。于是，林则徐查阅了哈密厅、哈密办事大臣公署的历年档案、哈密回部历史、皇帝诏书等历史资料，弄清了伯锡尔郡王兼并土地、霸占官田、欺压官民、盘剥百姓的种种罪行，证实了"霸占官田，喝阻民人不得耕种""无论市肆、关乡、瓜园、菜圃，凡有民人住处，伊皆索取地租，并将煤厂、木山据为利薮"等问题。例如当地驻军修理军库、药局、兵房、马棚时，拉一车土，伯锡尔均要强令交付10文钱。另如伯锡尔将城郊坟地筑墙强占，谁家死了人，必须交银数两方可下葬掩埋。这些问题在民众中积怨很深。11月1日，林则徐与哈密办事大臣恒毓一起约见伯锡尔，诘问军民所告之事。林则徐严厉地向伯锡尔指出："无论南北各路，寸土皆属天朝""皇舆一统之内，无寸土可以自私""回王属下倘有借端勒诈之人，即需重治其罪，不稍宽贷"。一因伯锡尔曾在京城供职多年，熟知大清王朝的律条；二因伯锡尔深知林则徐是钦差大臣，虽然因为抗英禁烟遭陷而获罪，但重新启用林则徐只是一个时间问题，所以面对林则徐的义正词严的申斥，不仅俯首称是，而且主动将东新庄的熟地一万亩捐献出来，招民耕种，以谢前罪。一个"罪臣"，为了民众的利益，竟敢查处一个很得皇帝信任的边疆郡王，在当时朝野被传为佳话。

道光皇帝于1845年10月29日诏令释放林则徐，同意回京以四五品京堂候补。12月4日，林则徐在哈密接到赦免谕旨，便和全庆一起，以"内阁部堂、候补京堂"的名义行文哈密厅、哈密协，令"先将近城坟地一带前筑围墙即行拆毁，听军民埋葬，不得阻索。其关厢、市镇、铺屋、门面、煤山、石山、木山、各官地，俱不得索取地租。闲旷地面听军民取土资用，不得索掯。"哈密军民绅商闻讯，莫不拍手称快。

12月11日，林则徐怀着对新疆山河无限眷恋之情，"格登山色伊江水，回首依依勒马看"，离开哈密，踏上东归之路，赋诗自庆："漂泊天涯未死身，君恩曲贷荷戈人。放归已是余生幸，起废难酬再

造仁。"

林则徐在玉门与前来接他的长子汝舟相会，因为旅途过于劳累，林则徐想在这里稍事休息，但旅馆又小又脏，即想商借公署行馆暂住几日。谁知这位县太爷听说来了一位谪员，仅为四五品京堂候补，竟想商借行馆暂住，觉得可笑而不自量，断然拒绝了林则徐的借房要求。林则徐虽为封疆大吏，但在三年前谪戍新疆，出关远行，沿途不少州县官员视而不见，官场情薄林公已经深有体会，对这位县太爷的如此做法已经见怪不怪了。所以林则徐见县太爷不借行馆并不生气，坦然处之，决定就在这个旅馆暂住几日。谁知事情发展竟然大出这位县太爷所料，就在他断然拒绝林则徐借房后的第三天，接到道光皇帝于年前 12 月 12 日发出的林则徐以三品顶戴署理陕甘总督的诏命。这位县太爷大吃一惊，脊梁上直冒冷汗，于是立即穿上朝服，拿着手本，诚惶诚恐地前往旅馆拜谒。林则徐非常体谅这位县官的心情，考虑一两天就要起程上路，决定就在旅馆暂住，不迁也罢。

知县对林则徐不迁行馆之事如芒在背，战战兢兢，无奈，只得求教于师爷，师爷出点子说：可请总督大人游览本地风光。第二天，林则徐应邀出游，路过行馆，看见门上有一副新的楹联，好奇地上前细看：上联为"鹤鸣九皋其子迎"，下联为"鸿飞遵泊我公归"，对仗工整，笔力苍劲，虽比喻鸿、鹤自己不敢当，但其意却流畅而贴切，觉得在玉门这样的荒僻塞外竟也不乏文才，不禁兴趣盎然，步入馆内，原想或许有什么珍玩可以鉴赏。谁知刚一坐下，一批夫役就将其行李搬来，知县也卑躬屈膝地赔礼道歉，林公对知县的良苦用心不禁同情起来，从而大度地答应暂住行馆，使这位知县一颗悬着的心终于落到了肚子里。

林则徐还是我国近代维新思想的重要启蒙者之一。他在广东任钦差大臣、节制广东水师期间，一面严禁鸦片进口，一面维护正常的国际贸易。林则徐主张"师夷长技"，学习外国先进的科学技术。由他主持编印了我国第一部国际法翻译本。由林则徐组织翻译、魏源最后编辑成书

的《海国图志》一书流传到日本，对日本的明治维新产生了重大的影响，至今仍被日本人称道。

继陕甘总督后，林则徐还相继担任过陕西巡抚、云贵总督，加太子太保、赐花翎，授钦差大臣等职。1850年11月22日，林则徐病逝于前往广西任钦差大臣途中的潮州普宁县城（今普宁市）洪阳镇行馆，皇帝优诏赐恤，赠太子太傅，谥文忠。

中国工农红军西路军左支队在哈密

  红军在长征途中按照共产国际和斯大林的意见，中共中央制定了宁夏战役计划，并于 1936 年 9 月 21 日决定由毛泽东、彭德怀、王稼祥、朱德、张国焘、陈昌浩组成中革军委主席团（周恩来准备与蒋介石谈判，暂未参加），指挥各路红军。1936 年 10 月 9 日，中国工农红军一、二、四方面军于甘肃会宁会师后，决定由毛泽东、朱德、周恩来、张国焘、彭德怀、任弼时、贺龙 7 人联名行使中革军委主席团的职能，指挥三个方面红军（包括西路军）和其他红军部队。朱德、张国焘分别以红军总司令、总政委的名义，按照中央和中革军委的决定对全军作战进行组织指挥。按照中革军委实施宁夏战役计划的命令，从 10 月 25 日开始，红四方面军的三十军、九军、军指挥部和红五军共计 2 万多人相继西渡黄河，迈出实施宁夏战役计划的第一步。但国民党军队快速占领了黄河渡口，将红军阻隔在黄河东、西两岸。因为战局的突然变化，中央决定中止宁夏战役计划，并于 11 月 11 日将河西红军命名为西路军。西路军是经过两万五千里长征锤炼的中国工农红军，尽管历经艰难险阻，仍然以万众一心、前仆后继、血战到底的决心，先后在景泰、五佛寺、一条山、古浪、永昌、山丹、高台、临泽、倪家营子等地，在极其困难的条件下，披坚执锐、浴血奋战，与6倍于己的凶悍野蛮的国民党部队马家军进行了一场场惊心动魄的殊死搏斗，坚持五个多月，歼敌两万五千多人，击毙敌团长谭成祥、马占成等人。西路军伤亡也极为惨重，红五军军长董振堂、政治部主任杨克明，红九军军长孙玉清、政治委员陈海松、政治部主任曾日山等先后壮烈牺牲，许多指战员血洒河西，到1937年3月11日梨园口激战失败转入祁连山时，兵力已不足3000人，3月13日在石窝山头摆脱尾追敌人时兵力只有2000多人。中国工农红军西路军左支队有力地策应了河东红军的战略行动，对促进"西安事变"的和平解决和推动全国抗日统一战线的形成起到极为重要的作用。所以2002年10月由中共党史出版社出版的《中国共产党历史·第一卷》对西路军是这样评价的："西路军所属各部队，是经过中国共产党长期教育并在艰苦斗争中锻炼起来的英雄部队。在极端艰难的情况下，在同国民党军队进行的殊死搏斗中，西路军的广大干部、战士视死如归，创造了可歌可泣的不朽业绩，在战略上支援了河东红军主力的斗争。西路军干部、战士所表现出的坚持革命、不畏艰险的英雄主义气概，为党为人民的英勇献身精神，是永远值得人们尊敬和纪念的。"客观地、全面地、公正地评价了红军西路军。

早在红军一、二、四方面军会师之前，宁夏战役计划已经形成，目的是控制河西，打通苏联，获取苏联武器装备的援助，援助物资交接点为定远营（当时属宁夏，今属内蒙古自治区）。一因战局发生变化，中央决定中止宁夏战役计划；二因绥远抗战爆发，苏联人不得不将援助物资从蒙古改道为新疆哈密，中共驻共产国际代表团派出陈云（化名施平）、滕代远（化名李广）、段子俊、冯铉（即何晓理）、李春田5人前往新疆，进行各项准备工作。陈云一行于1936年底从莫斯科到达中苏边境霍尔果斯，启程前还观看了苏联援助的大炮与坦克。因国内发生"西安事变"，驻共产国际代表团电告他们就地待命。"西安事变"和平

解决后，驻共产国际代表团指示他们到新疆去，陈云一行即进入迪化，开展援接西路军左支队和建立抗日民族统一战线的准备工作。

安顿好生活后，陈云、滕代远深入部队驻地，向同志们问长问短，和同志们同吃同住，给同志们讲时事、讲苏联革命故事鼓励大家。陈云还集中进行了两次谈话。第一次是在到达星星峡的当天，陈云告诉大家："革命斗争有胜利也有失败，胜败是兵家常事。你们在极端困难的条件下，团结一致，奋战到这里，是非常难能可贵的。俗话说'留得青山在，不怕没柴烧'。只要我们保存下革命的有生力量，我们就会发展壮大。你们是革命的精华，是红色的种子，你们的光荣是黄金也买不来的。现在你们是几百人，将来可以扩充到几千人、几万人和几十万人，它将会燃起燎原的烈火，夺取革命的最后胜利！"左支队指战员听后很受鼓舞，在心中重新燃起了希望之火。第二次是在5月4日下午，部队经过休整，面貌一新，分乘几十辆汽车奔赴迪化（今乌鲁木齐市）。到苦水暂停，部队集中在沙窝里。陈云还向指战员们介绍了新疆的社会状况和党的斗争策略。由于陈云从关心生活入手，有针对性地做思想政治工作，使西路军左支队指战员振作了革命精神，对前途充满了信心，对未来复杂斗争也有了较充分的思想准备。

红军西路军左支队指战员仅有420多人，正式在哈密停留只有8天，却强有力地促进哈密乃至整个新疆的人们，深刻认识中国工农红军、深刻认识共产党、深刻认识中国的革命和前途。

左支队指战员一到星星峡，立即精神抖擞地投入新的战斗，给星星峡驻军和边务处工作人员留下极为良好的印象。他们仍然英勇奋战；他们食不果腹，衣不遮体，但他们在茫茫的风沙中仍然毫不畏惧。真实地描绘出西路军广大将士坚持革命、不畏艰险的英雄主义气概和为党、为人民不怕疲劳、视死如归的英勇献身精神。这些精神口耳相传，在哈密城乡为我们中国共产党和中国共产党领导下的人民军队树立了良好的形象。

抗战时期哈密的中共党人的贡献

　　1938 年 5 月，中国共产党从抗日军政大学和陕北公学学员中，挑选 100 多名共产党员来新疆工作，先后派到哈密的共计 6 人。这 6 名中共党人在哈密工作期间，始终以忠于抗日民族统一战线为总方针，以宣传和组织民众大力开展抗日救国运动，保障国际交通线哈密段的畅通为中心，以为哈密各族人民办好事办实事为出发点，忘我工作，团结哈密各族人民，坚持与全国人民共赴国难，为抗日战争的胜利，为哈密的进步与发展做出了卓越的贡献。

开拓工作　保障国际交通线畅通

　　抗日战争爆发后，日本帝国主义封锁了我国东南沿海的交通线路，苏联和国际援华抗日的各类物资，只有通过新疆的陆、空两路，才能运往内地抗日前线，这是关系到抗日战争胜负的大事，也是关系到中华民族前途和命运的大事。根据当时的具体情况，决定在新疆境内建立 10 个汽车站、5 个航空站，哈密为新疆东部门户，除在哈密市区内同时设航空站、汽车站外，还在境内的七角井、星星峡分别建立汽车站，战略

地位极为重要。保证国际交通线哈密段的畅通，自然成为来哈密工作的中共党人的首要任务。

一是扩建哈密航空站。哈密航空站由前任行政长于1937年突击动员城镇居民和四乡村民，利用原欧亚航空公司的简易机场，修建了简易平房、食堂和厨房，作为苏联援华的空、地勤人员和苏联司机用房，从当年11月开始，每天都有飞机经过哈密飞往抗日前线，最多的一天多达四五十架。初期，哈密航空站只是给经过的飞机加油、维修，供飞行员休息，后来在哈密组装飞机，航空站变成装配站，苏联航空工业部派来了总工程师、工程技术人员和机械师共计80多人，中方又从伊犁、乌苏、奇台等航空站抽调技术人员40多人，新疆督办公署航空队又派一个排的机械兵，协助干体力活，所以，航空站的扩建就成为燃眉之急。加大抗日的宣传力度，动员民众，支援扩建航空站，有钱出钱，有力出力，献物献财；一面带领哈密县（今哈密市，下同）县长白秉德（包括继任陈方伯、高景仁、宁汉文等）亲临工地，督促施工。当时所有的建材几乎都是就地取材，就土块而言，不仅城镇居民积存的土块全部被购完，而且还从四乡，甚至从南湖等边远村庄购买土块。木材从天山砍伐松木来不及，就从四乡购买杨木，盖房顶的柳条把、麦草等更是从哈密四乡购买的。当时哈密各族人民在共产党人团结抗日、共赴国难的号召下，与苏联援华官兵通力合作，全力以赴，不少乡民克服重重困难，自带干粮和工具，赶赴机场，搭起工棚，参加平整机场和修建房屋的各种义务劳动。在中共党人和各族民众的共同努力下，哈密航空站不仅在短期内完成了扩建任务，修建了宿舍、食堂、停放飞机的敞篷、弹药库、油库、俱乐部等各类用房，保障飞机的顺利装配，而且在得胜街修建了面包房，在西河坝修建了"洋"水磨，保证了苏联援华官兵的生活供应，为抗战的胜利出了力、尽了职。

二是扩建哈密汽车站。中运会哈密分会汽车站初期与新疆运输管理局哈密分局设在一处，既要承担苏联汽车队司机的食宿，又要承担汽车

维修任务。军火运输线一开通，每天就要接待五六十辆汽车，有时一天来两批，汽车就多达一百余辆，特别是哈密航空站变成飞机装配站以后，大批的飞机部件被汽车运到哈密装配，来往的汽车更多了，平均一天要接待苏联司机二三百人，扩建汽车站的任务十分紧迫。共产党人、行政长刘西屏与哈密县长、汽车站中苏方站长一起，一面想方设法充分利用城里可利用的公私房屋，如尧乐博斯公馆、王明德车马店等；一面又组织人力，将龙王庙上殿和两边厢房的泥神像拆除，进行整修，开辟为苏联援华人员的招待所。还在大十字占用一处栈房，作为汽车站采购食物、办理财会事务的公事房，从各个环节上保障援华抗日物资的汽车运输。因为新疆运输管理局哈密分局是一个运输企业，长期与中运会哈密分会汽车站合署办公，互相影响，互相干扰，1939 年春，中运会哈密分会决定将其汽车站单独设立，动员民众在龙王庙以西的戈壁滩上，修建宿舍、车库、油库、发电站等设施，到 1939 年夏秋之际，汽车站从城里完全迁往龙王庙。从 1938～1941 年，哈密汽车站成为中苏这条国际运输线新疆东部的桥头堡，承担了运经哈密的全部运输任务，为抗日战争的胜利做出了突出的贡献。

三是保证国际运输线哈密段的畅通。这条运输线不仅保证了各类军需物资顺利地运往抗日前线，而且保证了延安中共党人与苏联及共产国际人员往来的安全。据统计，抗日战争时期，苏联援华的飞机 904 架、坦克 82 辆、汽车 1526 辆、牵引车 24 辆、大炮 1190 门、轻重机枪 9720 挺、步枪 5 万支、步枪子弹 16700 多万发、机枪子弹 1700 多万发、炸弹 31100 颗、炮弹 187 万多发、飞机发动机 221 台，以及飞机全套备用零件、汽油等军火物资。此前的 1937 年 7 月至 1938 年的夏天，从新疆运往兰州的军需物资包括飞机、坦克、大炮、弹药、军械、汽油、药品共达 6000 吨。1941 年 10～12 月，又有 300 辆苏联汽车把军需物资运往前线。这些物资的运输都是经过哈密的，每个军需品的运送都凝聚着当时在哈密工作的中共党人的心血。

建立阵地　宣传马列　开展抗日救国运动

中共党人一到哈密，立即着手建立政治思想阵地，宣传马列主义，宣传抗日民族统一战线，启迪民众觉悟，激发民众爱国热情，支援抗战前线。

一是改组哈密反帝直属第八分会，于迪化（今乌鲁木齐市）成立了"新疆民众反帝联合会"，简称反帝会。1937 年抗日战争爆发后，反帝会组织快速发展，很快遍及新疆城乡，成为新疆人民反对帝国主义最大的官办群众组织。哈密区反帝会成立于 1938 年春，称为哈密反帝直属第八分会。反帝会每周学习 1~3 次，学习内容一是"六大政策"和当时在哈密公开发行的《论持久战》等毛泽东著作、国内外时事政治；二是艾思奇的《大众哲学》《新哲学教程》和昂节夫的《政治经济学讲话》（张仲实译）；三是青年自学丛书《思想方法》等类书籍；四是《新疆日报》《解放日报》《新华日报》和《反帝战线》等报刊上的有关文章；五是中共党人主讲的政治形势报告会、演讲会。通过上述学习，教育会员们认识马列主义和中国共产党的抗日民族统一战线，了解抗日战争形势和当时政府政策，启发其觉悟，激发其爱国抗战热情。每一阶段学习后，反帝会还进行考试，张榜公布其成绩，进一步激发其学习热情。

二是举办培训班。中共党人把培训班作为宣传抗日、传播马列主义、培训理论骨干的阵地之一。1938 年和 1939 年，哈密反帝会先后举办了两期培训班。第一期培训一个月，第二期长达数月之久，中共党人都是培训班上的主讲教师，1939 年和 1940 年，哈密反帝会与哈密区教育局联合，先后举办了两期教师暑期培训班，着重对学员进行爱国主义教育和中华民族团结统一的教育。通过培训，许多学员初步掌握了一些马列主义原理，不少学员通过培训班的学习，成为民众运动的骨干。许多人不仅当时成为中共党人进行各项工作的积极分子，而且成为中华人

民共和国成立后哈密各条战线的骨干。

三是创办剧社、宣传队。在抗战宣传中，中共党人十分重视宣传队的重要作用，反帝会会员中爱好文艺的人们组成宣传队，深入学校、街巷、村乡进行抗日宣传。《松花江上》《义勇军进行曲》《五月的鲜花》《反帝军歌》《大刀进行曲》等歌曲响彻哈密城乡，在自编自演的小型话剧和活报剧《满天星》《卢沟桥之战》的激励下，观众往往群情激昂，"打倒日本帝国主义！""还我河山！"的口号声此起彼伏。1940年2月，在中共党人的支持和推动下，哈密教育局在各校歌咏比赛中提出"以救亡歌声唤醒每个角落"的号召，使哈密城乡再次掀起歌唱革命歌曲、进步歌曲的高潮。1941年，反帝会与教育局联合，组织"社会教育业余剧团""青年抗日演出团""儿童剧团"，在"七七"纪念活动中，演出著名艺术家赵丹等创作的大型话剧《凤凰城》《战斗》以及《上海之夜》《战斗的儿女》，维吾尔语话剧《再乃甫遭诽谤》、歌剧《艾力甫与赛乃姆》也被搬上了舞台，将哈密的抗战宣传推向高潮。

四是建立民众俱乐部。在中共党人的极力主张下，于1939年2月在哈密、巴里坤分别建立大众俱乐部，并附设图书馆，在为民众提供文化娱乐场地的同时，扩大抗日宣传的阵地。各族文化促进会创办会员俱乐部。各俱乐部既开展了轰轰烈烈的文化娱乐活动，又将抗战救国宣传、马列主义宣传进一步深入。

五是成立妇女协会。中共党人十分重视妇女工作，到哈密不久就成立哈密妇女协会，动员她们带头走出家门，参加社会活动，很快打开了哈密妇女工作的局面，使哈密妇女真正成为哈密抗日救国运动的半边天。妇女协会经常组织女校师生到街头演出，动员妇女捐款、捐衣，为抗战出钱出力。

六是成立哈密中苏友好协会。1940年，哈密中苏友好协会成立。中共党人重视中苏友协这个阵地，当时哈密驻有苏联的一个机械旅（即"红八团"）和苏联航空公司、苏联贸易公司。因为"十月革命"

后，苏联一些白俄贵族逃窜新疆，对"十月革命"进行造谣诬蔑，中共党人紧紧抓住中苏友协这块阵地，印发各种宣传材料，请"红八团"无偿地放映电影，采取各种有效形式宣传"十月革命"，宣传社会主义，宣传中苏友好。与此同时，中苏友协还努力协助苏新贸易公司开办业务，解决哈密人民生活日用品问题，如火柴、茶叶、皮鞋、肥皂（原来都是苏新贸易公司供应的）等的供应问题，在民众中树立共产党人的光辉形象。中苏友协的大量宣传工作和苏联支援中国抗日的无数事实，无可辩驳地证明了"十月革命"的正确、社会主义的光明，不仅加强了中苏人民的友谊，而且使心存疑虑的民众逐渐消除了顾虑，积极地投入动员抗战的各项活动中去。

七是出版地方报纸。中共党人到哈密工作半年后的 1939 年 2 月，决定创办《晨钟》小报。同年 7 月，更名为《百姓》，更加突出了为民众服务的宗旨。中共党人利用《百姓》小报这块阵地，大力开展抗日救国宣传，揭露日本帝国主义的侵略罪行和国民党反动派的卖国投降活动，号召哈密各族人民团结一致，共赴国难，坚决支援前线抗击日本帝国主义。中共党人还利用《百姓》小报宣传中国共产党的政策，报道八路军、新四军英勇抗日的事迹、各个根据地的革命活动、工农业生产情况以及苏联社会主义建设成就等。

中共党人十分重视在各类重大节日、纪念日中组织集会，开展各类宣传活动，动员各族人民投身于抗日救亡运动。例如"三八"妇女节、"五一"国际劳动节、"五四"青年节、"七七"抗战纪念日、"八一"反帝会成立纪念日、"八一三"淞沪会战纪念日以及"九一八"等，有的纪念活动中组成宣传队，排演了节目，深入街头、乡村、寺坊、居民区开展宣传活动。中共党人十分重视在哈密发行马列主义经典著作以及国内和苏联进步作家的著作，特别是毛泽东同志的《论持久战》《新民主主义论》等光辉著作，在哈密得到广泛发行，使马列主义得到广泛传播。

兴办学校　发展教育　提高民众文化素养

中共党人十分重视哈密的教育事业，第一批到哈密工作的 4 名中共党人，有两人分在教育部门工作，他们把执行民族平等政策，唤起民众民主意识，拥护抗日民族统一战线，忠于民族解放事业和建设哈密，作为教育工作的政治方向。他们兴办学校，健全教育机构，建立教育秩序，培训师资，努力发展哈密教育事业。深入教育调查，健全教育机构，兴办学校，培训师资，重视民族教育。

倡导勤政　改革吏制　推动社会进步

抗战时期，中共党人在哈密工作期间，在改革吏制、倡导勤政方面做了大量工作，取得了卓越的成就，推动了哈密的社会进步。

一是奖优惩劣。中共党人到哈密任职，立即考查公务人员的业绩，奖优惩劣，鼓励进步，树立正气。

二是驱除恶习。当时哈密行署公务人员不仅消极怠工，纪律松散，而且有人染上吸毒恶习，对这些人的改造和惩罚充分显示出中共党人戒绝吸毒恶习的决心。

三是培训学习。中共党人把培训学习作为提高公务人员和各族民众政治觉悟和文化素养的重要手段。

四是关心职员生活。中共党人不仅在政治上关心各级公务人员，而且在生活上也千方百计地为公务人员着想，帮助他们解决后顾之忧。例如当时哈密粮食供应紧张，贸易萧条，生活日用品相当匮乏，中共党人积极组织"公务员生产合作社"，制定了《哈密公务员合作社章程（修正草案）》，集资入股，以"农产为基本生产，以养鸡、羊为副业"，社员按股分红。对合作社经营之生活用品，社员凭证购买，略低于市价，且能保证供给。1941—1942 年，"……哈密当地关于一般平民粮食往往发生有钱难籴之形状，尤对公务员生活更感困难"。行署立即指令公务

员生产合作社从外地购粮，售给公务员时予以补助，以保证公务人员的吃饭问题。在中共党人的关心下，哈密各级公务人员的生活都很有保障，从未发生因生活供应问题而影响正常公务的问题。

五是改革吏制。中共党人到哈密任职后，首先考虑废除农牧区的农官乡约、伯克制，统一建立区村。第一是进行区、村划分工作。当时根据哈密县（今哈密市，下同）民户的自然居住情况，将哈密县划为6个区、11个村，在新疆"区村编组"工作中树立了典范，为哈密县的民主改革奠定了基础。第二是组织村民民主选举区长、村长（今村主任，下同）。中共党人带头深入县属各村，宣讲选举区长、村长的重要意义，亲自主持村民大会，让村民们充分享受民主权利，选举自己的区长、村长。这让刚从战乱中逃出来的村民们看到了一缕希望的曙光。第三是举办区长、村长培训班。第四是改革民事纠纷裁决办法。中共党人到哈密任职后，一改过去处理民事纠纷的工作方法，深入调查，认真做好调解工作，使双方基本达成协议，然后由政府出面，中共党人牵头，由当事人所在地的文化促进会会长或农官、乡约主持，召集各有关人员参加，进行裁决，使纠纷双方既满意又服气。

由于中共党人大刀阔斧地整顿与改革，使当时哈密上下各级行政机构，都能很快适应抗战的需要，并能为民众办事。

发展生产　改善民生　稳定哈密社会

抗战时期，在哈密工作的中共党人，始终把发展生产、改善民生作为自己工作的出发点和落脚点，经过三年多的艰苦努力，哈密经济得到前所未有的发展，哈密人民的生活得到前所未有的改善，哈密社会出现前所未有的稳定局势。

一是积谷备荒，赈济贫民。

二是鼓励垦荒，扩大耕地。

三是兴修水利。

四是引进新技术。中共党人在哈密组织生产活动中，十分注意采用新技术。第一是农业上注重选种。第二是在哈密县建立农业实验场，推广苏联马拉农具，引进优良品种。第三是在镇西建立牧业实验场，引进良种马，进行牲畜改良和牧草储存实验。第四是从奇台请来匠人，修建一座木制仿机械水磨，解决军粮供应和民众吃粮问题。

五是发展工业，改善民生。中共党人到哈密任职时，正值秋天，冬季即将来临，中苏交通大动脉中的哈密航空站、汽车站以及哈密驻扎的苏联红八团的取暖燃料自然成为急中之急的问题。中共党人于到任当月就派遣李涛以行署派员的身份进驻煤矿指导工作，刘西屏一面组织力量筹集资金，改造煤矿，从畜力牵引改成电机牵引；一面宣传群众，教育群众，鼓励工人们为抗战多产煤。同时积极地改善工人群众的物质生活和文化生活，激发工人的生产积极性。他派人打黄羊，每周为职工们改善三次伙食；办起了简易澡堂，使工人们都能洗上澡；创办了煤矿工人俱乐部，丰富工人们周末文娱生活。这座老煤矿在中华人民共和国成立后，成为西北第一大露天煤矿——三道岭煤矿。

六是兴建市场，平抑物价。哈密地处大漠腹地，东西部都是数百千米外才有城市，北有天山挡道，南有瀚海阻路，中共党人针对哈密商业贸易极为困难、民众生活用品相当匮乏的具体情况，在积极协助苏新贸易公司做好贸易工作、保证军需供给的同时，积极地兴建市场，平抑物价，稳定社会。中共党人在哈密工作期间，不论驻军、公务人员，还是贫民小户，生活供应都得到了基本保障。

回顾历史　思考未来　建设中国特色社会主义

抗战时期，中共党人先后3次，共来6名党员，在哈密工作仅有短短的3年多时间，不仅将哈密建成巩固的抗日后方，保障了国际交通线哈密段的畅通，有力地支援了抗日前线，而且把哈密的经济建设、社会进步都推上历史的最佳时期。

历史是不能忘记的。在西部大开发的滚滚潮流中，在 21 世纪的开局之年里，我们迎来了中国共产党建党 80 周年的生日，在纪念党的生日的时候，我们回忆抗战时期中共党人在哈密的这段历史，思考中共党人用鲜血和生命换来的宝贵经验和教训，展望新疆在西部大开发中的光辉前景，我们深感肩上担子的沉重。我们一定要继承和发扬抗日战争时期在哈密工作的中共党人的高贵品质和优良传统，高举邓小平理论、"三个代表"重要思想伟大旗帜，维护新疆稳定，促进新疆发展，为建设一个社会主义现代化新疆而努力奋斗！

注：本文参考书目：《哈密市文史资料》第一辑、第三辑（哈密市政协编），《哈密文史资料》第一辑、第三辑（哈密地区政协工委编），《抗战时期中共党人在哈密》（1993 年，新疆人民出版社），《在抗战的洪流中》（1995 年，新疆人民出版社），《中共新疆地方史》（1996 年 6 月，新疆人民出版社），《共产国际苏联在新疆的活动》（1996 年 6 月，新疆大学出版社）

（此文为新疆维吾尔自治区党史委庆祝建党 80 周年研讨会征文，2001 年 9 月。）

天山铸英灵　九霄作天民

　　1939年12月22日清晨，哈密街头在寒风中出现一支长长的送葬队伍，队伍中有学生、教师、机关职工、城市居民；有汉族、维吾尔族、哈萨克族、回族；有老人、幼童……人们胸戴白花，神色凝重，眼含泪花，缓缓地走向位于西河坝汉族文化促进会墓地。队伍最前面的一位青年妇女，抱着孩子，悲痛但很坚强地支撑着，两边是搀扶的女教师。送葬队伍长长的，绵延了整个哈密街道，多达千人以上，维吾尔族民众在教育局房顶上击鼓、吹唢呐，用传统的追悼形式表示对逝者的悼念与敬重。这是瓜乡历史上从无先例的不分民族、规模宏大的送葬队伍。

　　这就是哈密第一任教育局局长、中共党员祁天民的送葬队伍，走在队伍最前面的青年妇女是祁天民的爱妻，刚从国民党统治中心重庆历尽艰辛到达哈密的刘晓雯，怀里抱的是祁天民不足两岁的独生子祁鲁梁。

　　墓地面对天山，右邻龙王庙，祁天民安详地躺在厚重的天山松的棺椁里，葬品是他生前使用的水晶眼镜、书籍、私章等，墓碑上镌刻着"天山永孝，正气长存"八个大字。在花圈和挽联中间有一副挽联，上联为"日寇未诛身先死"，下联为"事业继承有后人"，横批为"精神

不死"。漫画家鲁少飞墨迹悼词为"天山碧血痕，光辉耀千古"。

追悼会隆重而悲壮。人们在悲痛中回忆起祁天民同志进取拼搏的一生，奉献不息的一生。

一

祁天民，满族，原名祁延霈，字沛苍，1910 年出生在山东泉城的一位教师家里，父亲祁蕴璞，是一位治学严谨的教师，地理学学者，为著名的抗英英雄伊琫额将军的重孙。延霈小时受到家庭的影响，养成勤奋好学的习惯。6 岁入济南名校模范小学读书，因为爱看书，被学校图书馆委任为小馆长。12 岁考入济南省立第一中学，从此更加刻苦学习，经常是手不释卷，每学期都是学校的优等生。因为受到父亲的影响，延霈幼小的心灵里就滋生出长大做一个像父亲一样的地学专家的愿望。1928 年，18 岁的祁延霈考入北平师范大学地理系，但他不满足，立志"踏遍千山寻宝藏，涉尽万水求真理"，想学地质，为祖国寻找宝藏。于是，1929 年又考入清华大学地理系。次年，清华地理系设地理、地质、气象三个专业，祁延霈如愿以偿地选择了地质专业。

在清华大学的 4 年中，祁延霈勤奋好学，善于思考，重视实践。他先后参加了 1930 年春北京西山的地质考察，1931 年春河北宣化下花园、张家口、山西大同和五台山的地质考察，以及 1932 年春山东泰安、济南、青岛等地的地质考察。他在这些地质考察、地形测量、标本采集中，与同学们在酷暑严寒中，跋山涉水，不顾辛劳，采集实物标本，为以后的地质考察提供了丰富的基础资料。祁延霈不仅是一名勤奋好学的学生，还是一位热心的社会活动家。他在清华期间，一是担任地理学会的总务股长（总负责人），总揽学会的各项工作；二是担任清华学生会民众教育科的成员和平民学校的教师。平民学校，是清华大学为附近不能上学的工人、农民、市民、青少年提供免费教育的学校，晚上上课，教员义务教学。祁延霈讲课十分认真，语言通俗、深入浅出，很受学生

的好评。在祁延霈整个学生时代，事事、处处都能体现他勤奋好学、进取拼搏的精神与品质。他在清华大学期间，除去学习、考察、参加社会活动，还经常给《清华周刊》撰写文章，将生活的每一分钟都用在有益的活动中。如他发表在《清华周刊》上的论文《帕米尔地考》，两万多字，从十个方面论述帕米尔的历史地理和自然地理，被一些学者称为"孕育着爱国主义的激情，是一篇有相当分量的论文。"

1933 年，因为"国势阽危"，清华大学决定让祁延霈这批优秀学子作了论文后，不再进行考试就毕业了，23 岁的祁延霈从此踏进了社会。

二

祁延霈是清华大学地理系地质专业第一届毕业生。当时清华大学毕业生大多数人想出国深造，但祁延霈却想在祖国进行"实地考察，探求新知"，为改变祖国贫穷落后的面貌做出奉献。恰巧，此时国民政府"中央研究院"历史语言研究所需要一名地质专业人才，所长、考古学家梁思永是清华大学地理系主任袁复礼的同学。袁复礼第一个想到的就是品学兼优的祁延霈，经其推荐，祁延霈受聘为国民政府"中央研究院"历史语言研究所第三组助理员，从此拉开他考古生涯的序幕。

祁延霈受聘于"中央研究院"历史语言研究所后，将他的大部分时间都用在考古田野作业上，处处表现出一种奉献不息的精神。他先后调查了山东沿海古代遗址、益都铜器时代墓葬遗址，参加了山东藤县安上村、日照两城镇遗址的发掘工作，特别是参加了殷墟遗址第 10 ~ 12 次的发掘工作。这些经历使他逐步成长为一名很受业界肯定的考古学者。殷墟遗址位于河南安阳西北 12 里的侯家庄，是商代晚期的都城遗址，横跨洹河南北两岸，现存宫殿宗庙区、王陵区和族邑聚落遗址、家族墓葬遗址、甲骨窖穴遗址、铸铜遗址、制玉作坊遗址、制骨作坊遗址等，是中国历史上第一个有文字可考并为甲骨文和考古发掘证实的古代都城遗址，距今已有 3300 多年的历史。中华人民共和国成立之前，先

后对其进行了 15 次发掘，祁延霈就参加了第 10、11、12 三次发掘工作。当时他们对四座大墓同时进行发掘，祁延霈一面对四座墓葬进行地质测绘工作，一面具体负责二号墓的发掘工作，为殷墟的发掘做出了奉献。为防文物被盗、被抢或遗失，发掘工作往往需要夜以继日地进行，十分辛苦，但祁延霈却乐在其中，在给妻子的信中说："我在田野中默默无声地工作，探寻地下的秘密，为祖国增添光彩"。他风趣地将自己的日记本、照相机和考古睡袋称为考古三件宝，表现出一种甘于奉献的乐观主义精神。

就在祁延霈沉迷于考古发掘事业的时候，发掘现场发生的一件事，使他猛然惊醒起来，逼着他不得不重新思考人生道路。这件事是这样的：他们在殷墟发掘中发现一个石雕，这是一件珍贵的文物，这次他们加强了夜间看管。在夜间巡逻中，发现盗墓贼在他们发掘的遗址东侧也在发掘，他们与维护发掘治安的民团一起捉住了一部分盗墓贼，将其押送安阳专署查处，但没过几天却发现盗墓贼被释放了，他们深入了解后才知道，盗墓原来是地方官员与盗墓贼相互勾结的共同盗窃行为。这一下子使祁延霈震惊了。他在想，一个官、贼互通的政府怎么能强国富民呢？

残酷的现实逼着祁延霈重新思考自己的人生道路。

三

就在祁延霈对人生产生迷茫的时候，日本人加紧了对中国侵略的步伐。1937 年的"八一四"日本人轰炸上海，"八一五"轰炸南京，"八一九"轰炸长沙……位于南京的国民政府"中央研究院"历史语言研究所在日本人的轰炸中不得不于 8 月 19 日迁往长沙，挤进长沙圣经学校，同时挤进圣经学校避难的还有长沙临时大学（西南联大前身）、北京图书馆等 4 家单位。中国向何处去，这是每个国人在国家面临存亡的关键时刻都必须抉择的问题。而在这个关键时刻，国共两党都在宣传自

己的主张，争取国人的支持与拥护。国民党的赖琏到圣经学校演讲，宣传的观点是"攘外必先安内"；共产党的徐特立到圣经学校演讲，宣传共产党的《抗日救亡十大纲领》，呼吁国人团结起来，一致对外。国民政府的腐败，日本人侵略形势的紧逼，国民党人的逃跑和内战，共产党人的救亡主张……都使祁延霈痛下决心，投奔共产党，救祖国于水火。祁延霈毅然离开自己心爱的专业和优厚的物质待遇，告别了父母妻儿，与尹达、杨廷宾等人悄然离开了长沙，冒着国民党阻挠与迫害的危险，历尽艰辛，于1937年冬，辗转到达延安，被分配于陕北公学第二期第九队学习，从此走上了革命的道路。

陕北公学是中共党人培养革命干部的学校，学员有来自平津的革命青年，也有来自东北、华北、西北等地的革命学生。祁延霈毕业于闻名全国的清华大学，是一位已经颇具名声的地质考古学家，在当时的陕北公学里是凤毛麟角的大学者，是屈指可数的几位高级知识分子中的一位。延安，是革命的熔炉。祁延霈虽在历史语言研究所工作期间有优厚的物质待遇，但他却能扑下身子，像普通的知识青年一样，与同学们一起住窑洞、睡土炕、烤炭火盆、穿灰棉袄、吃小米饭、坐砖头、露天上课，用艰苦的生活磨炼自己的革命意志，用坚强的意志克服一切与延安精神不相适应的东西。功夫不负有心人。祁延霈的努力得到陕北公学党组织的肯定与认可，1937年底他光荣地加入了中国共产党，成为一名名副其实的无产阶级先锋战士。

早在1934年，盛世才在苏联人的帮助下，击败了马仲英部，坐稳了新疆督办的交椅；提出"联俄联共"的口号，制订了"六大政策"；1937年在苏联人的斡旋下，又与中共建立了统一战线。于是，他在所谓"进步"的掩盖下，1938年又向中共提出派遣干部来新疆工作的邀请。中共中央从保证与苏联通道的畅通、苏联援华物资的顺利运送以及巩固与盛世才的统一战线等多方考虑，同意接受盛世才的邀请，决定从陕北公学、延安抗大抽调一批干部，并从新兵营抽调一部分干部、从路

过新疆的中共党人中留下一部分干部，前后共有 100 多名中共党人奔赴新疆。祁延霈就是陕北公学抽调赴疆工作干部中的一员。他与他的战友 40 多人，于 1938 年 3 月 1 日集结，周恩来副主席赶赴集结地送行，勉励他们到新疆后，要多为各族人民谋利益，要团结各族人民共同抗日。

祁延霈与他的 40 多名战友，告别了宝塔山，怀着共产党人的崇高理想，憧憬着新疆未来的工作，踏上了前往新疆的漫漫征途。

四

1938 年 4 月的一天，祁延霈和他的战友经过一个多月的长途跋涉，终于到达祖国西北边陲、新疆省（今新疆维吾尔自治区）省会迪化（今乌鲁木齐）。为了工作方便，来疆工作的中共党人全部采用化名。祁延霈化名祁天民，意为天山之民，被分到新疆学院任秘书。

新疆学院是新疆当时的最高学府，设有政经、教育、语文 3 个系，并附设一个高中部。他们在学生中推行新文化运动，创作校歌，导演新戏剧，领导学生唱抗日歌曲，为新疆的新戏剧新文化运动开拓了新的道路。他们还增设了哲学、政治经济学、社会发展史等新课程，启发、提高学生的政治思想觉悟。他们以反帝会为阵地，在学生中广泛开展抗日救亡运动，经常组织抗日报告会、抗日演讲会、抗日歌咏比赛，演出抗日戏剧，组织学生走上街头，进行抗日宣传，开展募捐活动，支援抗日前线。由于中共党人的努力，新疆学院很快就出现了一派新气象。

祁天民除了做好校务工作外，还担任繁重的教学任务。他给政经系学生讲授"中国社会史""中国经济地理"等课，给教育系学生讲授"中国教育发展史""中国自然地理"等课，为了将课讲出深度与广度，他只得自编教材，经常通宵达旦地伏案备课。他还将教育系学生分成几个学习小组，根据各组学生的不同情况，进行分类指导。祁天民还经常给学生做抗战形势报告，宣传党的抗日民族统一战线的方针、政策，宣传"六大政策"，宣传八路军、新四军在各个战场上的辉煌战绩，时时

表现出共产党人的政治责任心和拼搏奉献精神。由于中共党人的启发诱导，不少学生树立了革命的人生观，走上了革命的道路，使新疆学院不仅变成一座名副其实的新疆最高学府，而且成为当时新疆青年革命的中心。

中共党人在新疆学院的卓越成就和深远影响，引起了新疆督办、伪装进步的盛世才的极大嫉妒和惊恐，他决定拆散中共党人在新疆学院这个战斗集体，于1939年1月，将4名中共党员全部调离学院，学院秘书祁天民任哈密区教育局局长。

每一名共产党员都是一颗革命的种子，不论将他播种在哪里，他都会在那里生根发芽。祁天民深深认识到自己作为哈密历史上第一任教育局局长的重任，到职后立即投入哈密教育的各项工作中，不久就像在新疆学院一样，取得了极为丰硕的成果。祁天民一到哈密，立即着手建立、健全哈密各级教育机构。第一是组建哈密区教育局。祁天民亲自筹划经费，制订计划，选调人员，经过一个多月的努力，哈密区教育局终于开始正式办公，内设教育科、社教科、总务科，职责明确，分工清晰，结束了哈密区的教育工作长期没有专门领导机关的历史。明确各县分管教育工作的科室，规定工作范围，明确职责要求。建立学校内部工作机构。要求学级较多的学校建立校务、教务、训育等会议制度，学校经济稽核委员会要切实履行职责；两班以上的会立学校要设立校长，统一领导学校各项工作。哈密小学教育的规范管理就是从这个时候开始的。二是兴办学校，发展教育。当时哈密区小学教育刚刚起步，哈密县（今哈密市）小学教育仅限于城里和少数大村庄，镇西县乡村只有2所小学，伊吾县虽有6所维吾尔语小学，但都是1938年成立的会立小学。面对哈密区教育的现状，祁天民第一是发展公立学校，将会立小学中规模较大、负担较重的小学如哈密县（今哈密市）的回城小学、伊吾的吐葫芦小学等均转为公立小学。第二是鼓励汉族、维吾尔族、回族、哈萨克族文化促进会利用捐助和会产创办学校，发展本民族文化教育事

业。第三是充分利用现有教学设备，扩大学校规模。如哈密女校原为 3 个班，扩大为 4 个班，学生达 120 人，还附设一个妇女职业班。第四是重点资助哈萨克族小学教育。由于祁天民等中共党人的努力，加之社会各界人士的关怀和各民族文化促进会的支持，哈密教育事业发展很快，到 1941 年，哈密的公立学校由 1938 年的 7 所发展到 20 多所，会立小学由 1938 年的 21 所发展到 48 所，教师由近百名发展到 300 多名，哈密教育事业发展到历史的最佳时期。三是培训师资，保证质量。经调查，解决师资不足问题是哈密教育事业发展的燃眉之急。祁天民等中共党人首先举办教师培训班。于 1939 年、1940 年，哈密区举办了两期教师培训班，共培训民、汉教师 200 余人，为哈密区教育事业的发展奠定了基础。第二是向省立中学和师范选送学生深造。1939 年成立了哈密区考试委员会。第三是请求省教育厅派遣教员。四是重视民族教育，提高民族素养。祁天民十分重视民族教育的发展，亲自负责民族教师培训班的各项工作，对德才兼备的民族学生进行重点培养，有时派教员到民族学生家里上课，这种重点培养感动了不少学生和家长。祁天民到学校调查研究工作时，总是先找民族教师和学生了解情况，亲切地同他们交谈，嘘寒问暖。在中共党人的努力下，各族文化促进会大力创办会立小学，不到三年时间，各族文化促进会在农牧区就创办了 27 所会立学校，一下子使哈密区的学龄儿童入学率提高到 60%，成为哈密历史上民族教育发展最佳时期。

祁天民不仅全身心地投入到哈密区的教育工作中，还满腔热忱地参加各项社会工作，表现出了一个共产党员奉献不息的高贵品质。在各类培训班上，他都是主讲教师之一，他讲授中国近代史时，着重对学员进行爱国主义教育和中华民族团结统一的教育。不少学员通过培训班的学习，不仅当时成为中共党人开展各项工作的积极分子，而且不少学员成为中华人民共和国成立后哈密各条战线的骨干。他经常将师生中、反帝会会员中爱好文艺的人们组成宣传队，深入学校、街巷、乡村进行抗日

宣传。他热情地参加民众俱乐部活动，积极地为共产党人创办的《百姓》撰写文稿，他的工作总是夜以继日，总是加班加点。1939年11月12日，他的爱人刘晓雯带着不足两岁的儿子，在周恩来副主席的关心下，在重庆八路军办事处和兰州八路军办事处的相互递送下，冲破重重阻碍，历尽艰辛，从国民党统治中心重庆到达哈密东部门户星星峡。祁天民当时正在负责币制改革中旧币的销毁工作，实在无法分身，只得拜托朋友到星星峡去接。祁天民在旧币销毁中先是被大火烤得大汗淋漓，继之又在11月的寒风侵袭中步行返回教育局，实际已经感冒，但他仍然坚持参加约定的各族各界人士座谈会，很晚了才拖着疲惫的身躯返回住处，见到妻儿十分高兴，未能及时治疗感冒，第二天高烧达到40摄氏度，住进医院后又染上伤寒，于12月22日不幸殉职。哈密人民失去了一位好领导，师生们失去了一位难得的良师益友，中共党人失去了一名优秀的战士……消息传开，听者无不悲痛。

五

祁天民殉职后，新疆党代表陈潭秋沉痛地对刘晓雯说："祁天民同志是个好同志，是我党的优秀党员，无产阶级的好秀才。他的牺牲是党的一大损失。"中华人民共和国成立后国家民政部追认祁天民为烈士，并向祁天民的儿子颁发了烈士证书。1985年，祁天民烈士的遗骨迁入乌鲁木齐市烈士陵园，与陈潭秋、毛泽民、林基路等烈士同园安葬。1986年10月15日，经国务院批准，乌鲁木齐陵园被列为国家重点烈士纪念建筑保护单位。数十年来，党和国家领导人朱德、陈毅、贺龙、邓颖超、王震、江泽民等，先后来园祭扫，缅怀革命烈士。祁天民被中共党史人物研究会列为全国500名立传人物之一，他的传记与徐海东、陈少敏、杨开慧、聂耳等13人的传记共同载入《中共党史人物传》第十四卷。

天山铸英灵，九霄作天民。祁天民的人生故事，是进取、拼搏、爱

国、奉献的生动体现。他在哈密的任职虽然仅有短短的一年时间，但他却给哈密的历史特别是哈密的教育史永远留下了光辉灿烂的一页。

祁天民永远活在哈密各族人民的心中！天民与天山永存！

天山铸英灵　九霄作天民

1950 年巴里坤草原剿匪斗争纪实

2010 年是巴里坤剿匪斗争胜利 60 周年，在 2010 年元旦即将到来之时，笔者将巴里坤剿匪资料整理成文，定名为"1950 年巴里坤草原剿匪斗争纪实"，献给在剿匪战斗中牺牲的烈士们、参加剿匪战斗的英雄们和一切为剿匪斗争的胜利想过办法、做过奉献的人们。

一

1949 年 9 月 25、26 日，新疆国民党军政当局陶峙岳将军、包尔汉主席分别领衔通电和平起义，接受中国共产党领导。5 天后的 10 点整，随着收音机里传来毛主席在天安门城楼上庄严宣告"中国人民从此站起来了"，巴里坤草原与全国各地一样，迎来了霞光万道的金色曙光。

当时巴里坤县共有人口 22582 人，其中汉族 14638 人，占总人口的 64.82%；哈萨克族 7429 人，占总人口的 32.89%；其他少数民族合计 515 人，占总人口的 2.29%。汉族主要居住在城市和农业区，巴里坤草原主要为哈萨克族牧民占领。此前的 7 月 4 日，哈密区专员尧

乐博斯在牧区召开由阿通拜克、苏里唐谢力甫、木哈德、胡斯曼、沙拉黑坦、托乎逊、哈台、考开依等哈萨克族头人参加的会议，部署随时做好武装迎击解放军进疆的战斗准备。当时巴里坤县城驻有国民党的一七八旅骑兵团，县境西边的奇台、木垒两县驻有国民党的骑兵第一师，县境东边的伊吾县驻有一七八旅的边卡大队。驻在巴里坤县的骑兵团团长王传铎是安徽巢县人，系张治中将军的同乡，并为张一手培养的军官，对和平起义竭诚拥护。但这支部队系李铁军在抗日战争时期于豫皖边界收编的，虽然经过近十年的死、走、调、逃的自然淘汰，但剩下的全部提拔为排长、排副、班长，这些老兵油子，极富冒险性，在士兵中又有一定的影响力，是部队稳定的核心所在。王传铎团长于新疆军政当局和平起义前的9月20日收到旅长莫我若关于新疆将有北平式和平的来信，他立即向副团长、团副以及县长、警察局局长打招呼，一要掌握好部队，二要稳定好地方。

就在陶、包通电起义的第三天，一七八旅驻在哈密的五三三团部分官兵抢劫了哈密中央银行、新疆银行和商户，焚烧民房，枪杀无辜居民，制造了震惊全国的"九·二八"黄金抢劫案，给和平起义后的巴里坤草原金色曙光中吹来了第一股阴霾。王传铎团长立即召开副团长、团副、县长、警察局长会议，做出决定：一是由团副沈应禄主持，警察局配合，在奎苏与县城各城门设立检查站，凡五三三团流窜官兵一律收缴武器，不许入境；已经越过奎苏的一律禁闭，审讯后押解出境。二是由警察局主持，部队特务排配合，在全城清查户口，重点是与五三三团沾亲带故的人家，凡潜入的可疑人员，审讯后一律押解出境。各乡、保发现情况，立即上报。三是召开成立中华人民共和国庆祝大会，会上进行实弹演习，彰显部队的军事力量，震慑反动分子。县长与警察局长联合募集慰问品，慰问起义部队，稳定军心。两天后，县政府为起义部队每个连送去慰问品两头猪、10只羊和一些香烟，并制作一面锦旗，上书"人民军队"四个大字，由民众教育馆

馆长张钧和马仲骅代表民众向部队赠旗，意即驻军起义，走向光明，就要站在人民一边，保护人民利益。这些措施对部队稳定起了一定作用。

10月1日下午1点，四乡的农牧民们，骑马的、赶车的，陆续聚集在城西的平坦荒地上，团长王传铎主持大会，在八二迫击炮实弹射击的"礼炮"声和重机枪实弹射击的"鞭炮"声后，县长王东阳宣布：中华人民共和国成立了！中华人民共和国是中国共产党领导的，我们的领袖是毛主席！与会的人们第一次听到"官府"的人正式宣布，真切地感受到中华人民共和国的温暖，尽管有"九·二八"黄金抢劫案阴霾的影响，但会议气氛仍然是十分热烈的、活跃的。闭会后，在驻军骑兵马术表演之后，哈萨克族的赛马、摔跤、姑娘追、叼羊等表演活动，一直热闹到夕阳西下，"九·二八"抢劫案的阴影似乎随着八二迫击炮的"礼炮"声和重机枪的"鞭炮"声而淡薄了。于是，县境内军政当局们会商：为维护中华人民共和国成立后巴里坤草原的稳定，决定王传铎团长留在城里掌握部队，县长、警察局长、副团长、团副会同社会名流、工商人士，共同组成慰问团，到牧区慰问哈萨克族头人，稳定牧区群众。按照常规，每两天慰问一个部落头人，送去茶砖、白糖等礼品，向他们宣传中华人民共和国成立的伟大意义，要求他们接受共产党的领导，维护牧区的社会稳定。令慰问团成员们惊奇的是哈萨克头人们似乎是统一过口径一样，对慰问团的回答都是"我们的头人在北京，谁坐北京我们就服谁管"这样两句话。10月14日，牧区传来了令人心悸的消息：不知什么时间，乌斯满、贾尼木汗挟持1.7万多哈萨克牧民，率领2000多人的武装，悄无声息地进驻了巴里坤草原，乌斯满、贾尼木汗住在大小红柳峡。巴里坤县军政当局预感：草原宁日从此消失，阴霾将会笼罩整个草原。

得知乌斯满、贾尼木汗率众进驻巴里坤草原两天后的一个下午，北乡的一个汉族牧民正在放羊，一群哈萨克族人明目张胆地过来抢

羊，当时北乡的驻军正在操练，闻讯后立即派遣两名战士去追，一直追到海子沿，双方对击，其中一名抢劫者被击毙，其余的才丢下羊只逃走。按照巴里坤处理这类问题的惯例，县政府将这一抢劫事件通告哈萨克族各部落，但各部落都说自己部落不少人，也没有人来认领尸体，说明抢劫者不是巴里坤老户哈萨克族人，由此推断这个被击毙的抢羊者必然是乌斯满、贾尼木汗挟持来的哈萨克族。又是两天后的一个凌晨，单独住在草湖的一户汉族，发现有人跳进栅栏偷马，被其用猎枪打死，天亮一看，是一个白俄罗斯人，手里还握着一支转盘冲锋枪。因为此前巴里坤草原上从未见过俄罗斯武装人员，由此断定，这个偷马的俄罗斯军人，必然是乌斯满的白俄卫队士兵。这一下子吓坏了巴里坤人，因为乌斯满是一名惯匪，抢劫行旅，杀人越货，无所不为。乌斯满刚刚进驻巴里坤草原，巴里坤人就将他的牧民和卫队士兵打死，这不是明目张胆地对乌斯满的挑衅吗！得罪了乌斯满这个杀人不眨眼的魔王，巴里坤草原还能有平静的日子吗？一时间巴里坤人得罪了乌斯满的传说不胫而走，住在农牧区的汉族人、回族人、维吾尔族人，全都投亲靠友，纷纷向县城搬迁；一时不能举家搬迁的，也将大姑娘、小媳妇以及细软金银送进城里；有的晚上干脆住进军营，要求保护；个别实在离不开的，也都准备了猎枪，必要时就与胆敢侵犯的人做最后的拼搏。惊恐、动荡，笼罩着整个巴里坤城乡。

面对巴里坤城乡动荡不安的局面，王传铎团长一面向驻在哈密的一七八旅电告详情，一面决定以县长王东阳为首、由副团长代表他会同当地乡绅、工商名流组成慰问团，慰问乌斯满，从正面了解乌斯满的动态。王东阳一行14人于10月25日下午5时左右到达乌斯满的驻地小红柳峡。当时乌斯满住的山沟是东西向，北面是峭壁，南面是沼泽，山沟为葫芦形，警察局局长就住在葫芦口，进沟夹道只能双马并行，进了沟口向西行不远，地面豁然开阔，是一个水草丰盛的草场，十几顶帐篷散置其中，中间一个大帐篷是乌斯满的"中军大帐"。慰

问团先通过对面站立着的身背杈子枪的哈萨克族骑兵的夹道欢迎，接着又通过对立的俄罗斯骑兵的夹道欢迎。俄罗斯骑兵个个都是腰悬战刀，怀抱转盘冲锋枪，头戴哥萨克皮帽，脚蹬长筒皮靴，蓄着不同样式的胡须，挺胸凸肚，自有一番威风。乌斯满的帐篷前，一字摆开四挺马克沁重机枪和两门八二迫击炮。乌斯满头戴一顶缀着一大簇猫头鹰毛的绿色哈萨克族的头盔，身着绿色袷袢（长大衣），身材魁梧，赤红脸膛，留着约有 20 厘米长的胡须，在十几个武装牧民的簇拥下，立于帐篷门前，气焰嚣张地迎接着客人。

宾主入座后，王东阳客气地问起迁住巴里坤草原的原因时，乌斯满却不经意地回答"转冬窝子"。哈萨克族的草场一般来说是相对稳定的，从来不在巴里坤草原放牧的乌斯满冬窝子草场怎么能在巴里坤呢？但王东阳出于礼貌，并不将乌的鬼话揭穿。当王东阳向其宣传和平起义的意义与中华人民共和国的成立、建立共产党领导的新国家时，乌斯满像所有哈萨克族头人一样，告诉王东阳和慰问团一行："我们的头人在北京，谁坐北京我们就服谁管。"王东阳明显感到乌斯满对他们慰问的目的早已有所准备，所以直截了当地告诉乌斯满，他的俄罗斯卫兵因为偷马，被马主人打死，请乌斯满体谅马主人防卫失当的错误。但乌斯满却毫不介意，态度平和地说："这是个开小差的，找了几天没找着，打死了就算了。"乌斯满出奇地"平静"，说明乌斯满有更大的阴谋正在筹划，王传铎团长听到汇报后，越发感到压力的沉重，巴里坤城乡的居民们更是惶惶不可终日。

屋漏偏逢连夜雨。巴里坤城乡民众正在不知乌斯满到底要耍出什么报复招数而惊惶不可终日时，起义部队骑兵团又出了乱子。原来"九·二八"黄金抢劫案后，五三三团驻口门子九连连长芮士元到县城团部驻地串联四连排长王振华、王延景和二连连长李福堂，密商叛乱。王振华、李福堂等纠集一帮把兄弟，秘密串联，纠合众人，随时准备行动，但因团长王传铎早有防备，一直找不到适当机会。乌斯满

一伙入驻巴里坤草原后，团长、副团长、团副与县长、警察局长将主要精力全部放在防范乌斯满上，给王振华一伙以可乘之机。11月19日傍晚，二连副连长报告：二连与迫击炮连不少人在备马鞍与套具，收拾行装，明显有叛逃的迹象，多数连排军官害怕被其裹胁，自想办法各自躲藏起来了。王传铎立即召开副团长、团副紧急会议，研究对策，认为王振华等人叛乱早有准备，当即平息已不可能，但要特别警惕其挟持团领导，裹挟全团叛乱。决定立即派出快马，通知奎苏、北乡驻军提前戒备，一防叛乱者串联，二防叛乱者抢夺马匹和枪支弹药；副团长亲去城防机枪连掌握部队，为了城市居民免遭涂炭，宁让叛乱者逃走，也不在县城对叛乱者进行镇压。团副沈应禄亲自通知县长、警察局长，快速地、秘密地通知城市居民，关灯熄火，严守门户，不要外出。并派快马，通知哈萨克族的各头人，以县境平安为大局，千万勿受叛军蛊惑；并将团指挥部撤到禁闭室，由特务排警卫，叛军胆敢袭击，就进行武力平息，但上策是将叛军逼出城外。当晚11点，王振华以为团部并未发现他们的行动，决定叛乱，同连排长王旭初上前劝阻，被其一枪击毙。王振华将叛乱人马拉出营房，一看居民们全部关门闭户，团部漆黑一团，悄无声息，知道团部已有准备，只得将人马拉出县城。看见城门大开，以为城防部队与其共鸣，故开城门，但还未及高兴，就招来一梭子机枪子弹，无奈只得带领挟从者向口门子逃窜。因为沿途老百姓已经得到通知，全部闭户严守，王振华等只在奎苏抢得老百姓一些皮衣。叛逃部队在松树塘与芮士元连会合，进入天山向东逃窜。此时，天山里大雪纷飞，气温降到−30℃，部队行进十分艰难，不久进入哈萨克族人胡斯曼部落的冬窝子。正巧胡斯曼已经接到县政府的通知，所以拦住王振华的部队，硬要王振华等拿出骑兵团的"牌牌子"（通行证）才能准许通过他们的冬窝子。王振华知道这些哈萨克族部落都有自己的武装，不敢轻易与其翻脸，加上被其蛊惑的士兵大多是想乘机返回老家，并不想跟随王振华占山

为匪，所以也不愿与胡斯曼部落动武，部队被拦截在一个背风的山坳里。

此时刘伦元调任一七八旅旅长。11月20日，王传铎团长清点了叛逃人数和被带走的马匹、枪支后，立即向刘伦元汇报，两天后又接到胡斯曼拦截王振华等人的报告，刘伦元当即派遣旅政工室主任马晓余，配备电话员和向导各1名，前往天山劝说叛乱部队返回营地。此时天山深处气温已经降到-40℃，人马呼吸短促，热气与雪粒相凝结，马毛、人须结成冰凌，数百人马挤在一个山坳里，横七竖八，或站或卧，全无军容，士气十分低沉。军马三天未吃上水草，在冰雪中引颈悲鸣，令人心碎。马晓余用话筒向王振华等喊话，要他们选出代表，听他传达王震司令员的电话命令和刘伦元旅长的亲笔信。王振华等踌躇很久，终于选出代表颓然前来，当马晓余传达王震司令员的命令和刘伦元旅长的亲笔信后，王振华等仍然胡搅蛮缠，拖延时间，正在相持劝说中，士兵们高呼："我们要回营房！"王振华等在士兵们的压力下，无可奈何，只得同意率队回营。马晓余立即给刘伦元旅长做了汇报，并给王传铎团长通了电话。23日中午，叛乱的官兵历经4天的冷冻饥饿之后又回到了巴里坤营房。王东阳县长率领老百姓们，抬着水酒和羊肉，早就等候在营房门口，打扫干净的房屋里炉火正旺。当天下午召开军人大会，马晓余主任主持大会，王传铎团长、王东阳县长分别发表讲话，战士李光在会上代表士兵们表态："感谢首长把我们从死亡路上拉回来，我们坚决服从命令，加强学习，努力军训，听从整编。"

以王振华为首的一场叛乱终于画上了句号。但军内的动荡，是否会助长乌斯满报复行径的疯狂？王振华们是否就能真的放下屠刀？这些问题就像一块无比沉重的石头，压在王传铎团长、王东阳县长和巴里坤城乡民众的心头，使他们透不过气来，感到随时都有被新的灾难吞噬的可能。人们在惶恐中煎熬着，期待着解放军早一天进驻这个被

惶恐包裹着的山城。

二

10月13日，中国人民解放军二军军长郭鹏、政委王恩茂率领二军指挥部和五师抵达哈密，一面组织指战员们扑灭"九·二八"抢劫案中商铺、民房中的余火，安抚民众；一面组建哈密城防司令部，维护哈密社会秩序，为大部队进疆做着各项准备。10月17日，驻防哈密的六军十六师四十八团先遣连连长杨传党率部在师参谋长连承先的带领下飞抵哈密，接管了飞机场的防务。11月6日，十六师政委关盛志率领先遣队飞抵哈密，立即建立指挥机构，积极开展驻防哈密的各项工作。11月7日，六军军长罗元发陪同兵团司令王震飞抵迪化，次日宣布中共中央新疆分局成立，王震任分局书记。王司令员下车伊始，首先考虑如何团结新疆各少数民族，特别是少数民族的头人，共同为建设新新疆而奉献力量。乌斯满是新疆和平起义后一直脱离政府约束的哈萨克族知名头人，是王震司令员首先考虑的对象，所以在新疆分局成立的当天就着手组建慰问团，决定从正面对乌斯满晓以大义，做好深入细致的思想工作，从道义上做到仁至义尽。

就在王振华等叛乱画上句号的同一天，以中国人民解放军一兵团随军工作团团长艾买提·瓦吉地、副团长吴剑锋的乌斯满部慰问团在哈密成立，成员还有哈密税务局局长札里甫、商界著名人士乌布尔阿吉等一行12人，他们带着王震司令员给乌斯满的亲笔信和茶砖等礼品，由哈密乘车出发，当天下午赶到巴里坤县城，晚饭后召开各族各界人士座谈会，慰问团团长、副团长在会上阐述解放军的《约法八章》和新疆和平解放的"八条二十四款"有关政策，要求巴里坤军民共同维护社会秩序，保护人民生命财产的安全，为新疆的繁荣发展做出贡献。王传铎团长、王东阳县长在会上分别表态，

拥护陶、包通电和平起义的决定，努力为维护地方安定做好本职工作。次日上午，在召开巴里坤和平解放庆祝大会的同时，派出熟悉乌斯满驻地情况的干部，联系慰问团一行前往慰问的事宜。当天深夜，乌斯满的代表赶到县城，表示欢迎慰问团一行前往慰问。

慰问团一行与王东阳县长、王传铎团长一起，于25日上午从巴里坤县城乘车出发，当天黄昏到达巴里库勒淖尔附近的乔克塔尔山口，他们看到沿途和山坡高地上架着机枪，警戒严密，巡逻谨慎，如临大敌，慰问团成员们都有一种进入敌人营垒的压力与不安。乌斯满的弟弟卡拉提巴依和十数名武装牧民迎接慰问团一行，乌斯满的帐篷前是排列有序的剽悍的俄罗斯卫兵，乌斯满与他的参谋长库尔班巴图尔在其帐篷接待慰问团一行。艾买提·瓦吉地团长说：他和慰问团一行受王震司令员的委托，代表解放军和王震司令员来看望乌斯满及其部落亲朋。当面将司令员的亲笔信和礼品交给乌斯满，真诚地告诉乌斯满：过去新疆民族间的仇杀，都是帝国主义和国民党反动派挑起的，现在新疆和平解放了，在中国共产党领导下，一定要团结起来，忘掉过去的仇恨，共同建设新疆。艾买提·瓦吉地团长反复地告诉乌斯满：王震司令员诚心要求他返回迪化，与他携手，共同做好省政府的各项工作。如果乌斯满不同意这个意见，也可以返回阿勒泰，仍然担任阿山区专员。乌斯满拒绝了，艾买提·瓦吉地团长肯定地告诉乌斯满：王震司令员说了，住在巴里坤也行，有什么问题和困难，可以随时到迪化找他，他一定帮助解决。札里甫和乌布尔阿吉等向乌斯满介绍解放军在哈密救火安民，保护人民生命财产，不拿群众一针一线，尊重少数民族生活习惯与宗教信仰，不进清真寺，为哈密各族人民办好事等情况，热切地希望乌斯满正确认识新疆局势，不辜负王震司令员和解放军指战员的期望，返回迪化，参加政府工作。慰问团一行苦口婆心，情真意切。乌斯满总是避开主要问题，故作深沉。乌斯满的接待虽然热情

而又丰盛，但慰问团成员都明显感到乌斯满的叛乱已成定势，热情接待只不过是为他的武装叛乱争取时间、等待最佳时机而已。

第二天，慰问团一行向乌斯满辞行，乌斯满仍以丰盛的哈萨克族美食为慰问团送行。席间，乌斯满对慰问团一行说："我对您一行的到来很高兴，请您转告王司令员，感谢他对我的热情关怀，请将我的信转交给王司令员。为了表示我的诚意，我特地派遣我的参谋长库尔班巴图尔随你们一起到哈密，代表我表示对解放军的欢迎。"随后又问："我的手下有一些人要回阿勒泰、塔城老家，不知行不行？"艾买提·瓦吉地团长当即肯定地回答："怎么不行呢？王震司令员一定会帮忙的。"库尔班巴图尔一行到达哈密后，受到王震司令员和十六师领导的热情接待，王震司令员还给库尔班巴图尔赠送了很多手枪子弹，返回时又给他送了很多礼品。王震司令员总想用自己的真诚和热情感化乌斯满一伙，用最大的耐心等待乌斯满的转化。半个月后，乌斯满派遣他的弟弟卡拉提巴依到达迪化，假意商谈接受起义的有关事宜，实为探风摸底。王震司令员明明知道其真实意图，但仍然真诚地接待卡拉提巴依，与兵团领导一起热情引导，苦口劝说。并具体安排，帮助将愿意返回阿勒泰、塔城老家的牧民们送回阿勒泰、塔城等地。卡拉提巴依返回时，王震司令员赠送给他不少礼物，一再嘱咐卡拉提巴依：中国共产党和人民解放军，始终真诚地等待乌斯满回归人民政府，不要再将战争的灾难强加给和平解放后的新疆人民。1950年1月下旬，王震又派遣瓦黑提·胡尔曼率众慰问乌斯满、贾尼木汗，进一步向乌、贾宣传党的政策，以尧乐博斯、阿通拜克在人民政府里仍然担任原职为例，说明党的既往不咎的起义政策，希望他们解除顾虑，返回迪化，参加人民政府工作，对乌、贾集团进行最后的挽救。

三

陶、包通电和平起义后，国民党驻哈密的起义部队，先是一七八旅五三三团部分官兵制造了震惊全国的"九·二八"黄金抢劫案，继于11月18日，五三三团驻七角井的两个营将二军运输部队的东返汽车40辆劫持至哈密，并将押车队长1人和战士13人杀害；次日，一七八旅驻巴里坤骑兵团的王振华等又公开叛乱。人民解放军一兵团领导当机立断，于20日将五三三团官兵全部缴械，并加快驻防哈密解放军十六师的调运速度。11月24日，十六师四十八团一营接替二军五师的哈密城防任务。12月24日，十六师四十六团团长任书田率领先遣队飞抵哈密，当天进驻巴里坤县城。1950年1月17日，新疆省（今新疆维吾自治区）人民政府成立，仍然任命尧乐博斯为哈密区行政督察专员公署专员，十六师组织科科长张家树与阿木提汗、李瑞、阿通拜克为副专员。同月29日，新华社以大量事实为依据，揭露美国驻迪化副领事马克南勾结乌斯满，反对和破坏中国人民解放事业的滔天罪行，一下子将预防和遏制乌斯满集团可能给哈密人民造成灾难的问题上升为十六师驻防哈密的首要任务。2月8日，中共哈密地委成立，十六师政委关盛志兼任书记，从十六师中抽调146名指战员，分别组成哈密地区（今哈密市）和所属三县的工作委员会，巴里坤县（时称镇西县，下同）工委由18人组成，张晓任主任，王健民任副主任，立即进驻巴里坤，开展建党建政、发动群众、宣传群众的各项工作。

就在十六师党委和哈密地委加紧建党建政各项工作的期间，叛匪们也加快了叛乱的步伐。3月5日，骑七师驻昌吉二十团1000多人打着还乡团的旗号集体叛乱，驻永丰渠、阜康、老奇台、木垒河等处的起义官兵相继响应，前后叛乱共达2500多人，他们打死了木垒河的区委书记，抢劫了阜康县（今阜康市）的兵器库，袭击屯垦的解放军

指战员，攻打奇台县城，严重地破坏新疆和平起义后的社会秩序，妄图将新疆人民推进一场战争的灾难。新疆军区以维护人民利益为最高宗旨，当天成立剿匪指挥部，王震亲任总指挥，张希钦任参谋长，六军军长罗元发任北疆剿匪前线指挥。六军立即组成两支剿匪大军：一支由十七师主力、军直骑兵团与骑七师、战车团各一部组成，负责奇台及其以西地区的剿匪任务；一支由十六师主力与民族军四十团三营组成，负责哈密境内的剿匪任务，重点是盘踞在巴里坤草原的乌斯满匪帮。从此拉开了包括巴里坤在内的新疆剿匪的序幕。

天要下雨，娘要嫁人，事物总有它自身的发展规律。就在新疆军区和十六师决定将主要精力转向剿匪的时候，哈密区督察专员尧乐博斯在其反动本质的驱使下，于3月19日率其妻小和亲随公开了叛乱的真实面目，潜入巴里坤草原与乌斯满匪帮会合。乌斯满也公开亮出了叛乱的狰狞嘴脸，3月26日在碱泉子袭击返回哈密的沁城区副区长杨根栓与四十八团九连副连长郑礼明、司务长呼志忠，杨根栓、呼志忠牺牲，郑礼明重伤；3月29日围攻驻防伊吾县城的四十六团一营二连指战员，切断了二连对外的一切联系；4月1日在瞭墩袭击到七角井一营一连进行战斗动员的十六师副师长罗少伟一行6人，罗少伟等5人壮烈牺牲，1人被俘；4月4日在天山庙袭击向四十六团运送山炮的指战员，副指导员牺牲，2名战士负伤……

昌吉等地国民党起义部队的叛军在六军西线剿匪大军的围歼下，约有800多人窜入巴里坤草原与乌斯满匪帮会合；驻巴里坤的国民党一七八旅骑兵团改编为中国人民解放军二十六师七十七团的骑兵独立营和一个步兵营，调防呼图壁，走到老奇台时正值当地起义驻军叛乱，王振华贼心不死，恶性不改，勾结排长黄金龙再次煽动叛变，率领400多人潜回巴里坤草原。至此，聚集在巴里坤草原的叛匪武装已经多达3000多人，成为新疆匪患的最大窝巢。

六军军长罗元发决定对巴里坤叛匪重拳出击，捣毁叛匪窝巢。3

月30日，命令十六师火速进军大红柳峡，围歼乌斯满、尧乐博斯匪帮，堵截西线东逃之叛军。十六师四十六团主力立即兵分两路，团长任书田率领一、二营和团直属部队为北路，经大河、煤矿，直扑大红柳峡；政委姜玉昆率领三营和两个骑兵连，附迫击炮两门，经花庄子、紫泥泉，军锋亦是直指大红柳峡。3月30日晚，南路进剿部队由县城出发，宿于花庄子，晚上发现巴里坤湖西边之西沙沟有人发射信号弹，引起团政委姜玉昆的警觉，他对三营长阎德山说："注意警戒，加强巡逻，谨防叛匪偷袭。"4月1日，部队从花庄子出发，姜玉昆命令三营长阎德山："派一个侦察排搜索前进，遇到紧急情况要沉着应战，果断处置。"部队行进十多千米，侦察排到达尖山子，恰与王振华率领的叛军遭遇。敌军立即抢占拐骨山主山梁，三营侦察排一面派出战士跑步汇报，一边抢占了拐骨山梁的东端。阎德山营长接到报告后立即命令八连增援侦察排抢占拐骨山梁东端，巩固阵地，与敌对峙，其他指战员就地抢占有利地形，做好迎战准备。

就在八连抢占上拐骨山梁东端阵地还未能巩固之际，敌骑兵向三营发起猛烈攻击。机枪声、步枪声与冲锋的呐喊声响彻云霄，震撼山岳。八连指战员坚守阵地，各种武器一齐向敌人攻击。敌人冲上来了，又被打下去了，又冲上来，又被打下去……战斗持续了一个多小时。姜玉昆政委认为敌人占据有利地形，长期对峙必然会给三营带来严重后果。只有改变战场上的被动局面，才能掌握战争的主动权。在命令炮兵立即炮轰敌人阵地的同时，命令两个骑兵连强行出击，与敌争夺拐骨山主梁。

在大炮和机枪的掩护下，骑兵们像一支支利箭，风驰电掣地直扑敌人阵地。与此同时，八连指战员一声呐喊，冲出阵地，向敌人发起反击。又经过两个多小时的激战，敌人终于抵挡不住三营的猛烈攻势，向大红柳峡方向败退。这支叛军投向乌斯满后，又被编在尧乐博斯的麾下，与尧乐博斯所率之叛匪共同组成了"翻身革命独立师"，

叛首王振华被任命为参谋长，于5月在哈密八大石被俘，11月22日被新疆军区军事法庭正法。

这次遭遇战后被称为尖山子战斗。在这次战斗中，共毙敌40名、俘虏30名、缴获战马25匹。

驻守镇西县城的解放军听到两军激战的枪炮声，军区战车团团长胡鉴立即率领两部战车侦察，得知南路进剿部队与敌人接火的消息后，快速返回县城，组织二营五连、机炮连、特务连指战员分乘7辆汽车赶往尖山子增援，当部队赶到拐骨山时，战斗已经结束，叛军已经逃遁。

由于尖山子遭遇战打乱了围歼大红柳峡的战略部署，两路围歼部队奉命停止进军，暂回县城待命。

叛匪的危害继续在加剧。4月4日，十六师供给部4人由七角井返回瞭墩的途中遭到伏击，两名战士负伤；4月5日，四十八团特务连班长王立帮等3人押车由口门子返回哈密，行至转嘴子桥遭到伏击，3人全部牺牲；4月6日，四十八团一连连长和副连长率领18名战士抢修转嘴子桥遭到伏击，11名指战员被夺去生命，7名指战员负伤；同日，由沁城返回哈密的军车在青山子遭到伏击，两名司机牺牲，一名司机负伤……叛匪们在袭击执行任务解放军的同时，对老百姓也进行大肆地抢劫，仅哈密县（今哈密市）境内在这一期间公安局有记录的抢劫案件就有34起，共有8人被打死，1人受伤，43户受害。巴里坤奎苏二十里庄子耕地的两名农民1死1伤，30户浇水的2名农民全部被抓。巴里坤草原遭到叛匪的肆意践踏，东疆大地的各族民众都翘首盼望解放军能重拳出击，快速遏制叛匪的嚣张气焰。

4月10日，北疆剿匪前线指挥部下达围剿小红柳峡叛匪的命令，十六师师长吴宗先、政委关盛志当天进行了作战部署。四十六团团长任书田率领二、三营由县城出发，民族军四十团骑兵三营由花庄子出发，约定14日在芨芨台子会师。14日上午，民族军四十团骑兵三营

指战员首先到达指定地点，同一天下午，四十六团二、三营也到达茇茇台子。当天天气晴朗，蓝天碧云，峰峦旷野清晰。但是时隔不久，乌云从天山上空卷来，转眼间就笼罩住整个天空，先雨后雪，不一会儿大地就裹上了厚厚的银色素装，天地相连，分辨不出东南西北。部队冒着雨雪前进，在茫茫雪原上迷失了方向，就连一直在这一带生活的向导也辨不清道路。团长任书田立即铺开地图查找，确定部队位于小红柳峡南面，距离小红柳峡还有 20 千米。先头部队踏着厚厚的积雪，继续向北边山头挺进。此时气温下降到零下 30 摄氏度，四十六团指战员因为刚从内地进疆，对新疆气候变化的剧烈情况不太了解，出征时按照轻装要求，指战员们仅穿单布鞋，头戴棉帽，棉衣单薄，不少人在严寒中冻伤了手脚，但仍然顽强进军，毫不退缩。民族军四十团指战员熟悉当地气候，每人穿着皮靴，还另带毡筒和皮大衣。战友们如此顽强的精神给民族军指战员留下了深刻的印象，纷纷拿出毡筒和大衣给四十六团战友们穿，表现出深厚的战友之情和团结互助的崇高品质。

部队在严寒中顽强挺进。指战员们的脸上结上了一层冰霜，骡马的嚼头上掉着一串串冰凌，不少战士的外衣都结上了冰，但却没有一个人放慢前进的脚步。战友们相互搀扶着，一个接一个，艰难地向前推进，终于在深夜到达一条红柳丛生的山沟。

部队决定在这里宿营。在夜光中，战士们可以清晰地看到被积雪压弯了的红柳枝条，狂风虽然被山岭挡住，但出奇的严寒仍然严峻地考验着每一个指战员的顽强意志。战士们三五成群地挖一个雪坑，偎依着相互取暖。

天亮了，升起了太阳，可天气不仅比昨天更冷了，而且阳光照在白雪上发出特别刺眼的光芒，许多指战员睁不开眼睛，不少人因此得了雪盲症，连行走都要别人拉着。

团长任书田、副团长张沛然和民族军四十团骑兵三营营长司马义

— 78 —

诺夫、教导员伊拉洪等同志爬上山头观察地形，这才发现解放军露宿的山沟与红柳峡只隔一个山头，山头那边就是叛匪的营地，但是叛匪设在山头右边的监视哨却没有发现围剿部队的到来。峡谷里，叛匪们三三两两地骑着马走来走去，消闲自若，根本就想不到在大雪纷飞的深夜，解放军会像传说中的天兵天将从天而降。

任书田团长观察完敌情后，将望远镜递给司马义诺夫营长，司马义诺夫刚将望远镜举起来，突然从右边射来一颗子弹，"啪"的一声将望远镜截成两段。叛匪们听到枪声，吓得立即四散奔逃。任书田命令："隐蔽观察。"敌人很快就被头头们组织起来，同样在观察围剿部队的动静。任书田快速地将严重冻伤的人员安置好，命令二营从左面沿山脚向红柳峡进攻，四十团骑兵营从右边沿峡谷向红柳峡进攻，三营居中，从正面向红柳峡进攻。一声令下，三箭齐发，不少战士带着严重冻伤，忍着伤痛，奋勇当先，冲向叛匪。

叛匪们在头头们的督导下，抢占山头，抵抗围剿部队。驻在这里的叛匪一是国民党骑七师东逃的叛军，二是乌斯满招募的萨马辽夫白俄匪帮，这些亡命之徒不顾死活，顽强地狙击着围剿部队的进攻，但他们毕竟是仓促应战，怎么能抵挡得住围剿部队的猛烈攻势呢？战斗打响还不到半个小时，叛匪阵角就开始动摇，不久就丢下了十几具尸体和生活器具，开始向红柳峡北边的丘陵地带溃退。

乌斯满、贾尼木汗住在离营地7千米多的红柳峡谷深处，昨天晚上他们召开部队头头和部落头人会议，叛匪们吃肉喝酒嬉闹了一夜，躺下后刚刚进入梦乡，却又被解放军的枪声惊醒，子弹带着"吱吱"的哨声纷纷落在离帐篷不远的雪地里。乌斯满意识到问题的严重性，一个蹦子跳起来，命令卫队立即护送司令部撤向红柳峡北的丘陵地带。

各个部落的头人一看乌斯满惊惶失措地带着白俄卫队撤向红柳峡北的丘陵地带，他们只得如同丧家之犬，丢下被裹胁的牧民和牲畜，

保护着自己的家小各自逃命去了。长期受到反动宣传愚弄的牧民们，对共产党、解放军一点都不了解，看到解放军如同天兵天将，叛匪们在这些天兵天将的勇猛进攻下狼狈溃逃的形象，吓得也都纷纷丢下牲畜，带着家小逃进深山。解放军在这次围剿战斗中，除了消灭叛匪100多人和缴获大批武器弹药外，还缴获了叛匪和牧民丢下的大小牲畜3万多头（只）。

这次战斗后被称为小红柳峡围歼战。在这次围剿战斗中，四十六团冻伤指战员417人，冻伤致残的有20多人，冻死1人。不少骡马被冻死。

就在四十六团二、三营返回县城，指战员们还在紧急的冻伤治疗期间，北疆剿匪前线指挥、六军军长罗元发带着电台和随行人员赶到了巴里坤，并立即召开连以上干部会议，总结小红柳峡围歼叛匪战斗的经验教训，部署下一步进剿叛匪的战斗任务。罗元发最后在会上强调指出："我们剿匪的基本方针是'军事进剿，政治瓦解，依靠和团结各少数民族的广大群众。在军事进剿中进行政治瓦解，在政治瓦解中孤立少数叛匪骨干，提高和扩大军事进剿的成果'。我们剿匪的基本方法就是团结一切反对叛匪的力量去肃清叛匪。所以我们打击、孤立的主要对象是乌斯满、尧乐博斯之类的民族反动分子，他们是包括少数民族在内的各个民族共同的敌人。在某一个特定时期内，有时政治瓦解会显得比军事进剿更为重要。我们要以实际行动告诉少数民族的父老乡亲，共产党的政策是民族平等，信教自由。解放军是各族人民的子弟兵，乌斯满、尧乐博斯是各族人民的共同敌人。我们不仅要将这次缴获的牲畜如数归还给失主，而且要对广大穷苦牧民进行救济，要使他们亲身体会到共产党和人民政府的温暖，要将他们从乌斯满叛乱阵营中分离出来，使乌斯满失去牧民这个基础，最大限度孤立以乌斯满为首的叛乱集团。"

解放军的军事进剿和宽大政策，使乌斯满叛匪集团很快出现了分

化瓦解的局面。乌斯满看到在这次战斗后不断动摇的叛匪头头们，决定率众窜回北塔山，妄图在自己的老巢重整旗鼓，与解放军进行垂死的一搏。

北疆剿匪指挥部获悉乌斯满匪帮窜向北塔山的信息，西线剿匪部队迅速出击，猛攻猛打，乌斯满匪帮无奈，窜入浩瀚的沙海北沙窝。进剿部队马不停蹄，追入沙海。乌斯满意识到窜回老巢另辟根据地的企图只能是痴心妄想，想在天格尔达坂与乌拉孜拜等叛匪会合的企图也根本不可能实现，无奈之下，于6月底再次东窜，于大、小柳沟一带集结兵力，强迫已经投靠人民政府的沙拉黑坦和木哈得力部落再度跟他叛乱，妄图从空多罗山东窜甘肃、青海，继逃印度。

北疆剿匪指挥部在下达追剿乌斯满、贾尼木汗、尧乐博斯匪帮命令的同时，向甘肃、青海、新疆三省交界剿匪指挥部总指挥黄新廷司令员发去电报，要求加强戒备，严防乌斯满、贾尼木汗、尧乐博斯匪帮出逃。

6月27日，四十六团二营（缺六连）和三营九连乘汽车于伊吾达子沟梁集结，堵击东逃之敌；六连和机枪二连、炮连各一个排扼守墙墙沟和东面卧布拉克、水磨沟口，堵截逃匪；三连在盐池，七连在白石头，四十团骑兵三营八连和四十六团警卫连、特务连各一个排，在五鬼泉及以北地段堵截敌人。各部准时到达指定地段，进入作战状态，决心将乌斯满、贾尼木汗叛匪消灭在大小柳沟。

6月30日，维吾尔族向导尼牙孜老人获悉乌斯满、贾尼木汗盘踞在小柳沟顶，立即做了报告。四十六团政委姜玉昆立即调整作战部署，进行战前动员，提出"活捉乌斯满、贾尼木汗，向党的生日献礼"的战斗口号，部队战斗情绪高涨。姜玉昆命令二营七连由东向西围剿小柳沟顶之敌，四十团骑兵三营八连由东向南迂回至墙墙沟，夹击小柳沟之敌，其他部队原地防守，堵截窜逃之敌。

部队按照新的作战命令，行军7个多小时，7月1日14时与小柳

沟东梁叛匪接火，进剿部队迅速包围叛匪。短暂的战斗后，叛匪向莫钦乌拉山背阴的二道白杨沟和三道白杨沟溃逃，进剿部队占领了小柳沟东梁，缴获了牛、羊、帐篷等一批物资，四十团骑兵三营八连俘虏叛匪30多人。部队在打扫战场时，发现乌斯满的白色大帐篷里，被褥、枕头都还好好地放着，枕头下还放着一支手枪；在另一个帐篷里发现一个3岁的男孩正在酣睡，后来得知这是贾尼木汗的小儿子。

同日16点，进剿解放军于甘沟和小柳沟集结，未及休息片刻，又向二道白杨沟追剿。18点于途中重俘沙拉黑坦，缴获步枪3支、子弹260发。此时，七连已经赶来与四连会合，继续跟踪追击。雨一夜未停，战士们也一步未停。7月2日晨，七连战士发现敌情，精神大振，连长命令一排附八二炮两门顺沟底直向西南追击，二、三排分左右两翼顺山脊协同前进，冒雨追击1000多米路后，终于将叛匪主力拦截在沟底。一声令下，八二炮弹、手榴弹同时飞向敌群，指战员们不顾叛匪的猛烈火力，呼喊着"缴枪不杀"的口号，边射击边冲向敌群。乌斯满见解放军攻势凶猛，情势危急，一面命令白俄卫队用两挺机枪阻击，一面跳上马背策马加鞭，在白俄卫队的簇拥下没命地窜逃。正巧河水暴涨，七连指战员被河水阻隔，无法参加战斗，使乌斯满这个叛匪头子得以逃脱。

这次战斗后称二道白杨沟追歼战。在这次战斗中，伤敌20人，击毙45人，俘虏200多人，缴获骆驼、牛、羊近万头（只）。姜玉昆政委将俘虏集中起来检查，发现一位穿戴华丽而漂亮的哈萨克族女青年，怀里还抱着两个元宝。经再三查问，得知她是匪首贾尼木汗的女儿，她的老爸就在上面的山洞里。经过耐心的说服教育，她到山洞里把贾尼木汗叫了出来。这个作恶多端的匪首终于成为人民的阶下囚。

乌斯满逃脱后，在甘肃与青海交界处于1951年2月19日被俘获，与贾尼木汗一起受到历史的公正审判。尧乐博斯后经西藏潜逃台湾，成为这次剿匪中的漏网之鱼。自1949年10月乌斯满、贾尼木汗、尧

乐博斯集团给巴里坤草原带来的这股叛乱浊流，终以叛匪头领们两个被俘一个逃亡而基本清除。

为了支援中国人民解放军的剿匪斗争，巴里坤县工委与县人民政府于 1950 年 3 月 24 日成立剿匪支前委员会，动员全县人民从人力、财力、物力各方面支援剿匪斗争，到 7 月底县境内剿匪斗争基本结束时为止，巴里坤县组织哈萨克语向导 80 人、伤病员治疗点 6 处，配备护理人员 32 名，组织 80 人的担架队、597 人的运输队，出动大车 476 辆、马 387 匹、骆驼 156 峰、毛驴 720 头，烧制干粮 16 万斤、炒面 1.8 万斤，筹措粮食 114.9 万斤、马料 17.6 万斤、其他牲畜饲料 38 万斤，为剿匪斗争的胜利做出了卓越的贡献。

四

小红柳峡围歼战打破了乌斯满是天下无敌的巴图尔的神话。过去在牧民中普遍传说乌斯满是一个大巴图尔（英雄），手下有 10 个巴图尔，每一个巴图尔手下又有 10~50 个小巴图尔，这些巴图尔个个都是神枪手，百发百中，解放军来多少，他们就能消灭多少。通过这次战斗，乌斯满叛匪在人民解放军的痛击下狼狈溃逃的消息像闪电一样迅速传遍了整个草原，乌斯满是永远不败的巴图尔的神话完全被打破了，不少参加叛乱的头人们开始动摇，一些原来就持中立态度的头人逐步消除了顾虑，重新选择自己对待政府的态度和立场。加上巴里坤县工委和四十六团按照罗元发军长的指示精神，在县城设立了认领牲畜的专门接待站，派出得力的干部和翻译深入牧区，向广大牧民宣传党的民族政策和宗教政策，动员广大牧民前来县城认领自己的牲畜，牧民们在认领牲畜过程中认识到人民政府为人民的根本性质，对政府的惊恐和担忧也渐渐地消除了。被乌斯满、贾尼木汗挟持来巴里坤在西北冬草场上放牧的萨比尔巴依部落，于县城认领牲畜接待站成立的第 3 天就派来了 3 位部落头人，接受政府的规劝，率领部落迁回原来

放牧地迪化南山去了，为哈萨克族头人脱离乌斯满、贾尼木汗叛乱集团开创了先例。

大牧主豪晃拜看到萨比尔巴依部落安全地离开了巴里坤，试探着到县城认领牲畜，不仅领回了自己的牲畜，而且受到解放军的热情接待，一下子震撼了整个草原。这件事就像春风一样，牧民们口碑相传，奔走相告，陆续到县城认领自己的牲畜。牧民们再也不相信乌斯满等叛匪头头们造谣污蔑的鬼话了，乌斯满叛乱集团赖以生存的牧民们很快从叛匪裹胁的桎梏下解脱了出来。

阿通拜克的武装力量在小红柳峡围歼战中受到重创，认识到解放军力量强大，继续跟着乌斯满与解放军对抗下去，势必要走向自取灭亡的道路。加上大牧主豪晃拜在县城认领牲畜受到解放军的礼遇后，反复劝说阿通拜克："人民解放军不仅不吃我们丢下的羊，而且帮助我们管护，如数归还，这样的军队还能杀害我们吗？"阿通拜克在牧民们的影响和豪晃拜的劝导下，于 5 月 21 日带领 800 多户牧民搬出了巴里坤西山，牧居于巴里坤湖畔，摆脱了乌斯满的控制。

5 月 7 日，驻守伊吾的二连指战员被成功解围后，任书田团长正在认真考虑如何加快分化乌斯满叛匪集团步伐的时候，传来了乌斯满叛匪集团中的哈台股匪藏匿在库隆的情报。哈台原为镇西县的警察局副局长，在镇西哈萨克族人中很有影响。乌斯满匪帮进驻巴里坤草原后，哈台加入了乌斯满的叛乱集团。哈台有轻机枪 1 挺、步枪 32 支、手枪 2 支，武装部众 50 多人，是一股很有战斗力的土匪。乌斯满一向把哈台看成是他在巴里坤哈萨克中的一个重要台柱，对其很是器重。任书田团长认为如果能将哈台从乌斯满叛匪集团中分化出来，对乌斯满匪帮将是一个沉重打击。于是，经十六师师长吴宗先同意后，当即命令四十七团三营和四十六团骑兵连驰袭哈台股匪。5 月 12 日，进剿解放军抵达哈台的驻地库隆，与哈台匪帮打了一仗。哈台不敢恋战，边打边撤。解放军紧追不舍，一直追到花尔茨北面的青疙瘩，终

将哈台股匪包围。但解放军围而不打，发动政治攻势，晓以大义，劝其向人民政府投降，避免生灵涂炭。乌斯满害怕哈台投降，多次派遣亲信潜入哈台的驻地，劝其甩掉家属和牲畜，突出重围，向他驻地青羊居羊吕山、黑羊居羊吕山的主力靠拢，合力抵抗解放军。哈台考虑利弊，权衡再三，认为解放军的力量绝非他们这几个武装牧民所能抗衡。只有投降，才能使部落免遭生灵涂炭，毅然拒绝了乌斯满的要求，向进剿解放军缴械投降。

哈台归降政府后，受到政府的宽大处理，还领回了自己的牲畜和财产，心里很受感动，一再向政府表示，要痛改前非，争取立功赎罪。恰在这个时候，原追随乌斯满较紧的萨尔巴斯部落头人卡宾，带领部族民众向北塔山转移，家属和大部分部族牧民都在途中被解放军截获，卡宾思想动摇，踯躅不前。十六师首长将这一情报通报给哈台后，哈台认为这是他立功赎罪的一个机会，积极接受组织派遣，主动承担说客，耐心地对卡宾晓以大义。卡宾在哈台的劝导下，率领残部返回镇西，于6月1日向人民政府投降。

沙拉黑坦、托呼逊两个部落继于6月3日投靠了人民政府。

至此，巴里坤西游牧区主要哈萨克族头人全部归降人民政府，社会秩序趋于稳定，生产秩序也得到了恢复。

在小红柳峡围歼战中，解放军对俘虏的胡斯曼、木哈得力的武装牧民经过教育后，将其释放回去，并给胡斯曼、木哈得力带去劝降信，晓以大义。这些牧民亲身体会到解放军、共产党的宽大政策和对人民生活关心备至的真诚态度，按照解放军的部署，积极宣传党的方针政策；不少人看清了叛乱对人民生活造成的破坏和损失，纷纷表示厌倦，要求部落头人靠拢人民政府。胡斯曼、木哈得力受到牧民们的压力和影响，于5月4日派出克孜兄弟俩（胡斯曼的儿子）到奎苏找政府和解放军谈判。次日，县人民政府派出代表，专程到柳条河向胡斯曼、木哈得力部落的群众宣传党的民族政策和宗教政策，欢迎胡斯曼、木哈得力脱离乌

斯满、尧乐博斯匪帮，投靠人民政府。胡斯曼、木哈得力思想转变，当即就向政府代表检讨自己的罪责，诉说乌斯满、尧乐博斯匪帮任意掠夺牧民牛、羊、马匹和鞭打牧民的罪行。

为了进一步争取胡斯曼、木哈得力，政府领导和解放军代表趁热打铁，联络投靠人民政府的各部落代表50多人，于5月15日在三县户泉脑召开座谈会，宣传镇西县工委制定的并经过哈萨克族牧民代表会议讨论通过的《十大公约》，代表们还在会上制定了《七项建议》的保证措施，进一步稳定了胡斯曼、木哈得力投靠政府的情绪。座谈会期间，苏里唐谢力甫和马江两个部落的代表也赶来参加了会议。会后，解放军将在尖山子战斗中缴获的4000多只（头）羊、牛、马、骆驼全部退还给牲畜主人，还给主动归来的4户衣食无着的贫苦牧民救济了17只羊。人民政府和解放军的真诚行动深深地打动了广大牧民的心灵，会后第3天就有20多户的牧民投靠了政府，并有20多个参加叛乱的武装牧民自动回家，向人民政府投降。至此，巴里坤东游牧区的骚乱基本平息，生产秩序也基本恢复。

为了挽回由乌斯满匪帮叛乱给巴里坤农牧业生产造成的严重损失，医治给农牧民心灵造成的严重创伤，进一步稳定巴里坤的社会秩序，镇西县人民政府在1950年6月19~21日召开了全县各族各界人民代表座谈会，参加会议的有工人、农民、牧民、牧主和各部落的头人共154人。会上，代表们重新学习了党的民族政策和宗教政策，讨论了关于收缴枪支的问题，共商发展农牧业生产、建设新镇西的大政方针，体现了在新社会人民当家作主的主人翁地位。会议还决定给被叛匪裹胁损失严重、生活困难的哈萨克族牧民和老弱病残79户发放第一批救济粮140.9石小麦、救济畜250只羊，使这些弱势群体能在党的阳光雨露中衣食无忧地渡过难关。

从尖山子第一次打响剿匪战斗开始，解放军先后让牧民们认领回的大小牲畜共计4万多头（只、匹、峰）。一时认领不完的牲畜，就组织

战士精心牧放，耐心地等待归返的牧民认领。被乌斯满、贾尼木汗挟持来巴里坤草场的牧民，除去跟随乌斯满窜逃甘肃、青海和返回原放牧草场外，留居巴里坤草原的牧民们都受到镇西县人民政府多方救济和无微不至的关怀，牧民们深深体验到共产党、解放军一心为民的温暖。

至此，在乌斯满、贾尼木汗、尧乐博斯叛匪头头的煽动、蒙蔽下，参加叛乱的巴里坤哈萨克族部落头人在解放军的军事进剿和政治感召下全部归降了人民政府，巴里坤草原又重新绽放出中华人民共和国成立后的勃勃生机。

红色记忆

　　你到过伊吾吗？你参加过伊吾的红色旅游吗？你别看伊吾是一座仅有万人的边疆小县，但它不仅是一座四山环绕的锦绣水城，还是一座具有光荣革命历史的红色城市。伊吾县将当年中国人民解放军英勇剿匪的各项遗存串联起来，组成一条红色景点旅游线，让每一个到伊吾参加红色旅游的人，都能了解在当年那个战火纷飞的剿匪岁月里，钢铁二连的勇士们如何用年轻的生命和沸腾的热血，浴血奋战，艰苦卓绝，保卫伊吾，保卫新生的人民政权的战斗场面。从而了解和认识 1950 年那个硝烟弥漫的战争年代中先辈们热爱祖国、热爱人民、一不怕苦、二不怕死的英勇牺牲精神，进而激发人们继承和发扬先辈们的革命精神，激励人们热爱祖国、热爱新疆、热爱哈密，在建设小康和谐社会中奉献自己毕生的智慧和力量。

　　1949 年，中国人民解放军继辽沈战役、淮海战役、平津战役之后，势如破竹，捷报频传，南京、太原、大同、杭州、武汉、南昌、上海等地相继解放，大踏步地向中南、西南进军。西北战场与兄弟战场一样，继西安解放不到两个月，又打响了扶眉战役，解放了八百里秦川，兵分

三路，直指国民党西北老巢——兰州。蒋介石负隅顽抗，命令马步芳等"西北五马"退守新疆，成立伊斯兰共和国，分裂祖国，继续与人民为敌。党中央、毛主席立即向人民解放军发出向新疆进军的命令，彭总一声令下，解放军健儿们仅用五天时间就解放了兰州，然后立即兵分三路，滚滚西进，所向披靡。这时，驻新疆的国民党警备总司令陶峙岳、省政府主席包尔汉审时度势，大义凛然，力排众议，分别于9月25日、26日领衔军、政致电党中央，宣布和平起义。然而"树欲静而风不止"，在美国驻迪化副领事马克南策划下，新疆省政府委员兼阿山区专员乌斯满、新疆省政府委员兼财政厅厅长贾尼木汗、新疆省政府高级顾问兼哈密区专员尧乐博斯相继叛乱，乌、贾挟持1.7万多哈萨克族牧民进驻巴里坤草原，与尧乐博斯策动的伊吾县县长艾拜都拉叛乱联成一体，形成东可扼守新疆门户星星峡，西可进击新疆首府迪化的态势。与此同时，由于国民党特务和国民党部队中反动分子的鼓动，在陶峙岳将军已经领衔起义的情况下，哈密、景化、轮台、吐鲁番、鄯善等地的国民党部队先后发生叛乱，特别在哈密制造的"九·二八"万两黄金案，震惊中外，影响极大。为了稳定新疆局势，救新疆各族人民于水火，中国人民解放军进疆先头部队于10月13日抵达哈密，转进南疆。进驻哈密的六军十六师政委关盛志于11月6日抵达哈密，立即进行布防，四十六团进驻巴里坤，其一营二连在战斗英雄、副营长胡青山率领下于1950年2月和3月分两批进驻伊吾。

就在二连第二批指战员进驻伊吾第三天的3月29日，以艾拜都拉为首的叛匪们，突然以7倍于解放军的武装叛匪包围了县城，切断了交通与通信，分别诱捕、杀害了驻在淖毛湖、下马崖垦荒的解放军指战员。二连指战员在副营长胡青山和县工委的领导下，团结一致，同仇敌忾，独立作战，以救伊吾各族人民于水火为己任，以保卫伊吾新生的人民政权为神圣职责，以超常的毅力，克服了冷冻饥饿和受伤无药医治等难以想象的困难，与7倍于己的叛匪浴血奋战了40个日日夜夜，击败

了叛匪 7 次大的进攻县城的战斗和无数次的偷袭、骚扰，创造了震惊全国的伊吾保卫战完全胜利的辉煌业绩。伊吾被解围后，彭德怀副总司令发来嘉勉电，授予二连"钢铁第二连"的光荣称号，副营长胡青山被评为全军特级战斗英雄。

人们站在县城向北看，北边这座山，原名就叫北山。为纪念钢铁二连的英雄业绩，1978 年伊吾县委命名其为胜利峰。胜利峰海拔 2110 米，东西两端各有一座山峰，与主峰组成"山"字形，给伊吾保卫战中北山防守造成很为有利的形势。山上这座碉堡，是关系当时伊吾存亡的十分关键的一座碉堡。1950 年 3 月 30 日凌晨，叛匪第一次进攻县城，偷袭北山，占领了北山西边的一座碉堡和西北大山，朱孝庭班长就是在敌人的这次偷袭中牺牲的，县工委副主任韩增荣也是在这一次偷袭中负了重伤。副营长胡青山临危不惧，指挥若定，夺回了敌人占领的阵地，加强了北山的守卫力量，为夺取伊吾保卫战的完全胜利奠定了坚实的基础。我们现在站在这里，望着胜利峰，望着胜利峰上的碉堡，想象当年解放军指战员，枪不离身，睡不脱衣，在风雪交加中忍受着冷冻饥饿，在叛匪日夜不停地进攻、偷袭、骚扰中所度过的 40 个日日夜夜的艰难困苦。保卫战期间一直驻守在胜利峰碉堡里的二等功臣杨生辉，在 2010 年 1 月 29 日回忆说："……30 日拂晓，二连正在出早操，敌人突然进攻，北山被叛匪占领，五班副班长朱孝庭牺牲。叛匪用火力封锁县城，县工委副主任韩增荣负伤。在万分紧急时刻，胡青山果断指挥炮班很快占领了有利地形，向袭击伊吾城的北山叛匪阵地猛烈开炮，打乱了匪徒抢占北山西侧小山头的计划。当天上午，炮班在二排长周克俭统一带领下，配合四班、五班进攻，发射七发炮弹，接连击中叛匪占据的地堡，迫使叛匪溃退。副班长张德禄和战士蒋发亮端起步枪与五班一起冲锋，叛匪死伤 30 多人，余匪慌乱逃跑，使五班顺利占领了西北山头。战斗持续到下午 3 时，二连占领了北山和南山各处碉堡，首战告捷，威震叛匪。北山是伊吾县城的制高点，居高临下，地理位置非常重要，守

住北山，就能保住伊吾城，失去北山，将会失去伊吾城。当击败叛匪的第二次攻城后，炮班除留张志和、李忠义继续在水磨房磨面外，牛班长带领其他3名战士加强了北山力量。他和张副班长共同组织全班研究提高作战技术，坚信'保存自己，消灭敌人'的作战思想。叛匪三次围攻伊吾县城失败后，锐气大减，既不敢正面攻城，又不甘就此认输，不断进行骚扰和夜间偷袭，前后七次反复攻击都被我二连击溃。在一次激烈的战斗中，我的头皮被弹片擦掉一块，流血不止，没有药品，就撕下棉衣上的棉花烧成灰，敷在伤口上止血。那种疼啊，实在是钻心地疼。当时只有一个信念：只要活着，就要战斗到底！在保卫伊吾40天的战斗中，我们炮兵班一直坚守北山碉堡。3、4月份的伊吾，三天两头刮风，还下了两场雪，整天穿着磨得破烂的棉衣，浑身被虱子咬得难受极了，啃的是干馍，开始还有点咸菜，后来只能喝盐水汤代菜。最大的困难还是饮水问题……"

原来胜利峰的西端还有一座碉堡，叛匪第二次进攻县城后，胡青山副营长带领指战员们在西北大山上又修建了一座新的碉堡，可惜这两座碉堡后来都被拆毁了，现在站在胜利峰上还可以看到西北大山上碉堡的遗迹。

从伊吾宾馆向西走，离城市中心不到300米有一座小山，这座山名叫圆盘山，山上雕塑的马我们叫它军功马。说起军功马，还有一段真实感人的传奇故事呢。从伊吾保卫战打响的第一天开始，这匹枣骝马就承担了给驻守北山碉堡将士们运送供给的任务。枣骝马在战士吴小牛的牵护下，出北山东沟嘴，绕过楞坎，沿北山后坡，按照吴小牛的口令，时卧时奔，躲避叛匪的阻击，将碉堡指战员们的饮用水和食品运送上山。可是叛匪在4月5日第二次进攻县城失败后，却对北山将士采取断粮断水的困守办法，在东沟嘴后的楞坎里驻守了武装叛匪，阻击吴小牛和枣骝马运送供给。4月6日上午，吴小牛第一次冲锋失败了，下午九班护送也失败了，第二天改用集体护送的办法，不仅未能冲出敌人的封锁，

补给站还牺牲了一名站员。第三天在胡青山的指挥下，将阻击的叛匪赶出了楞坎，终于将断水断粮两天的北山将士的给养送了上去。在这期间，吴小牛以食诱法驯化枣骝马独立承担运送供给的工作获得成功，在此后的30多天里，只要吴小牛将枣骝马牵过东沟嘴的楞坎，向其发出出发的命令，枣骝马就会按照吴小牛的要求，时而卧倒，躲避敌人的阻击，时而跃起，按照既定程序冲向山顶，安全地将供给送到北山守卫将士的手里。一天两趟，阴雨无阻，从不间歇，直到驻伊吾解放军被解围的5月7日，创造了军马无人牵护、独立完成运送供给任务的奇迹，为取得伊吾保卫战的最后胜利立下了不朽的功劳。

在伊吾保卫战胜利的庆功会上，枣骝马以其独特的不朽的功劳被授予三等功，并授予军功马的光荣称号，决定永远"不做退役处理"，由伊吾县委、县政府"养老送终"。伊吾县委、县政府责成专人，规定饲料标准，进行精心护养。直到1967年，枣骝马年迈老衰而死，安葬在北山脚下。不少人思念枣骝马当年在伊吾保卫战中的奇功伟绩，都认为这是二连指战员们的造化，是神的安排，所以在二连指战员们受难的危急关头，世上出现了这么一匹神奇的枣骝马。1987年8月1日，伊吾县委、县政府为了纪念枣骝马的不朽功绩，在县城西部的圆盘山上，为枣骝马雕塑了一尊大理石雕像。雕像长2.46米，宽1.14米，高3.21米，重达8.5吨。雕塑家根据当时指战员们的回忆，将雕像塑成负重奋蹄状，恰似当年枣骝马驮着北山上指战员们的供给，冒着叛匪的枪林弹雨，机智灵活地穿越叛匪的封锁线，一次又一次地完成运送供给任务的英雄姿态。

从2001年开始，军功马雕像和军功马陵墓都被列为伊吾红色景点，2007年又将军功马的雕像和陵墓迁到南山，人们到南山上游览，就会看到军功马新的雕像和陵墓。

军功马的昂首奋蹄，永远向中外游客彰显它当年的高风亮节和飒爽英姿。

我们顺着这条路向南走，跨过伊吾河大桥，沿着河南人工湖边道路，就可以到达伊吾烈士陵园。当年钢铁二连指战员在伊吾40天保卫战中表现出的不怕牺牲，不畏强敌，誓死保卫新生人民政权的革命英雄主义精神；在战争中学习战争的不断进取、不断革命的精神；艰苦奋斗、苦乐交融的革命乐观主义精神以及坚决执行"三大纪律八项注意"、爱护群众的一草一木的公仆精神，一直激励着伊吾各族人民，携手共建社会主义新家园。中共伊吾县委、县政府于1978年10月决定在伊吾县城南山修建烈士陵园，1980年4月5日正式落成，全县各族军民1000多人集会，隆重举行陵园揭幕仪式。并于1979年清明节、1982年清明节和1985年建军节前，将散葬于各地的烈士遗体（下马崖暂未迁）集中葬于烈士陵园，为烈士们修建了陵墓32座。

伊吾县烈士陵园位于南山前，从陵园前广场向南有50层台阶，象征伊吾40天保卫战发生于1950年。台阶上为平台，呈"V"字形，背景墙也呈"V"字形，"V"字形象征胜利。背景墙的底部呈"八"字形，与台阶形成"八一"字形，左侧的背景墙记录了伊吾40天保卫战的简单经过，右侧的背景墙刻有"革命烈士、永垂不朽"八个大字。背景墙中间有40个台阶的通道，40个台阶象征伊吾保卫战进行了40天。上了台阶，正前方是高耸的烈士纪念碑，碑顶的红色五星鲜艳夺目，正面黑色大理石碑体上镌刻着"伊吾四十天保卫战中英勇牺牲的烈士永垂不朽"的金光闪闪的题词。纪念碑左右两侧分别用维汉文刻有碑文，记载着伊吾保卫战的经过和烈士的英名。通往烈士纪念碑的是一条长而笔直的通道，通道两侧的32盏灯象征安葬在烈士陵园的32位革命烈士。当时进驻伊吾的中国人民解放军六军十六师四十六团一营二连的全体官兵141人，先后牺牲97人，现在安葬在烈士陵园的仅有32位革命烈士。通道左侧是伊吾社会经济发展陈列馆，右侧是伊吾40天保卫战陈列馆。烈士纪念碑后有两幅大型的40天保卫战浮雕。浮雕后是烈士墓群。整个园区庄严肃穆。

陵园两侧为陈列室，现在西侧陈列室内陈列着各级领导题词、钢铁二连荣获的各类锦旗照片和作家张仁幹的专著《东天山剿匪记》、画家刘艺中《伊吾保卫战》连环画、王天裕《伊吾四十天保卫战》画册。还有1983年8月参加伊吾40天保卫战的老战士们赠送的"毋忘团结奋斗，致力振兴中华"锦旗一面。

1987年7月29日，全国战斗英雄、伊吾保卫战的指挥者、原六军十六师四十六团一营副营长胡青山应中共哈密地委、行署、伊吾县委、县政府的邀请，重返当年战场，与伊吾县领导、机关干部、学生、工人、农民数百人，祭扫了烈士墓，向烈士纪念碑献了花圈，并致悼词。胡青山在悲痛中，还为烈士们写了一副挽联：

上联：九七人捐躯看今日碑耸伊水万象壮怀效忠忱
下联：四十天抵险忆当年血溅边城二连威名寒贼胆

伊吾烈士陵园，1995年被新疆维吾尔自治区民政厅命名为"爱国主义教育基地"，2002年被共青团新疆维吾尔自治区委员会命名为"爱国主义教育基地"，同年被国家民政部定为"全国重点烈士纪念建筑物保护单位"。

伊吾保卫战胜利结束已经超过一个甲子，但钢铁二连的精神仍然在激励着伊吾乃至全国各族各界群众，正如纪念碑文中说的那样："伊吾河畔，英雄战士血润松翠；胜利峰上，八一军旗光照山红"。

钢铁二连的精神永放光芒！为伊吾献身的烈士们永垂不朽！

人们顺着陵园西侧的道路，越过军功马新的陵墓和雕像，攀上南山，第一个映入眼帘的就是新修复的碉堡。看着这座碉堡，就会想起在当年伊吾保卫战中发生在这座碉堡中惊险的可歌可泣的动人心弦的故事：当年南山上共有两座碉堡，现在修复的是其中的一座，向东看，在南山东端还可以隐约看到那一座碉堡的遗迹，那一座碉堡与现在修复的这一座碉堡，共同构成当年伊吾县城南山防线。向西南看，近一点的村

庄叫托背梁，是当年叛匪集中的大本营；远一点的那个村庄叫泉脑，是当年叛匪的指挥中心。再看碉堡南边，一是山坡平缓，二是丘陵起伏。人们了解了这些情况，就会想象到这座碉堡，既在敌人的包围之中，敌人进攻又容易隐蔽，所以发生在这座碉堡里惊险的可歌可泣的故事就特别的多。就以4月16日叛匪对县城发动第三次进攻为例吧，午夜，守卫这座碉堡的七班指战员们经历了一天的战斗，且又守了大半夜，正在人困马乏之际，这座碉堡外突然扔进一颗手榴弹，手榴弹的引信正在吱吱地冒着烟，七班战士向忠诚眼疾手快，快速地拾起来扔出了碉堡。谁知叛匪将白天打炮的国民党反动派的正规军派遣偷袭南山碉堡，在被向忠诚扔出碉堡的手榴弹爆炸的同时，敌人又扔进碉堡两颗手榴弹，向忠诚和白连成同时抢上去，一人抓了一颗就向外扔，谁知白连成动作稍一迟缓，手榴弹还没扔出碉堡就爆炸了，白连成5个手指齐齐地被炸掉了，另有7个人同时负了伤，副指导员罗忠林身上两处重伤。情况严重，容不得罗忠林多想，他忍着剧痛，一个蹦子跳上碉堡顶，发现在碉堡的北坡有敌人的身影，立即扔下一颗手榴弹，在手榴弹的爆炸声中听到叛匪的一声嚎叫。尔后又一个蹦子跳下碉堡顶，对当时伤势较轻的战士施德全说："我命令你守住碉堡！"说完抓起一挺机枪，一个箭步窜出碉堡，忽南忽北地向靠近碉堡两侧的叛匪扫射。白连成忍着鲜血直流的右手的剧痛，跳上碉堡顶，用左手向敌人投掷手榴弹，战友要给他包扎，他说："没关系，消灭敌人要紧。"战斗持续了近1个小时，终将敌人的第一次偷袭打了下去。直到这个时候，罗忠林才得空趴在工事里仔细观察山下的情况，他这才发现碉堡完全被敌人包围了。从西山和北山的枪声判断，敌人对西山、北山投入偷袭的兵力都很强，认为南山阵地的守卫必须立足于自身力量。因此对七班战士说："同志们，我们被叛匪包围了。西山和北山枪声如此激烈，估计西山和北山都很吃紧，但是我们一定要看到南山阵地的重要性。南山丢，则半个伊吾丢。所以我们一定要将南山阵地守住、守好，与伊吾县城共存亡。"战士白连成

说："指导员，我右手受伤，但我腿脚没有受伤，我左手没有受伤，我可以帮助搬运子弹，可以用左手投掷手榴弹。"副班长刘德平伤势最重，弥留之际紧紧地握着罗忠林的手说："副指导员，我虽然不行了，但为了新疆各族人民的解放事业，你们可一定要将阵地守住啊!"罗忠林望着刘德平那在弥留之际仍很殷切的眼神，十分动情地说："请你放心吧，兄弟，有我在，阵地就一定在。就是只剩下一兵一卒，我们也要战斗到底，要与伊吾县城共存亡!"

为了迷惑敌人，罗忠林与施德全一起，将机枪、步枪、手榴弹分散摆在阵地的不同部位上，敌人攻上来了，他们一会在这里用机枪扫射，一会在那里用步枪射击，一会又投掷手榴弹。因为夜色太黑，敌人弄不清解放军的人数，攻上来了又被密集的火力打下去了，又攻上来又被打下去……也不知道打退了敌人多少次进攻，只知道全部受伤的指战员们体力在敌人进攻中一次不如一次了，战线在逐步缩短，战斗力在逐步减弱，最后不得不将战斗人员全部收缩到碉堡里来，子弹也基本打完了。就在敌人又一次进攻已经冲到碉堡近前的万分危急的关键时刻，胡青山带领九班指战员攻了上来，九班长杨成保端起冲锋枪一个点射，一个接近碉堡的叛匪被撂倒了，胡青山眼疾手快地搂了一梭子，另一个叛匪也被撂倒了。罗忠林他们听到救援的枪声，一声呐喊，冲出碉堡，五六颗手榴弹同时投向敌群。叛匪们一看援军攻上来了，攻在最前边的两个人都已被击毙，哪里还有胆量再恋战呢？争先恐后地跳上马背，一窝蜂似的向泉脑溃逃。

两处负伤的副指导员罗忠林和腿部负伤的施德全一直坚持战斗到黎明，右手五指全被炸掉的白连成始终在紧张的战斗中，在形势最严重的时候，3名重伤员也爬出碉堡，参加了战斗。

南山这座碉堡，浸透了钢铁二连指战员们的鲜血!

碉堡西边的这座塔叫英雄塔，是伊吾县委、县政府为纪念在伊吾保卫战中英勇牺牲的英烈们于2006年修建的，它耸立于伊吾南山的西端，

遥望着滔滔东流的伊吾河水，俯瞰伊吾大地日新月异的变化，慰藉着为伊吾解放而英勇献身的先烈们的心灵。英雄塔呈五边形，塔高19.50米，塔身有40个壁龛和40个风铃，含义为1950年这里发生震惊中外伊吾保卫战的40个日日夜夜。塔居南山西端，位于风口，风吹铃响，如泣如诉，时时提醒着人们，现在的幸福生活是用无数英雄们的浴血奋战和先烈们的生命换来的，继承先烈们的遗志，建设好我们的家园，是我们和我们子孙后代义不容辞的职责与义务。

英雄塔是伊吾红色旅游的最后一个景点。当人们踏着返回的台阶，回望着英雄塔、南山碉堡、军功马雕像和陵墓、烈士陵园、胜利峰和北山碉堡，钢铁二连英雄们与叛匪们斗智斗勇40个日日夜夜所表现出的一不怕苦二不怕死的革命英雄主义和革命乐观主义精神，一定会永远萦绕在人们的脑海，印记在人们的心灵，构成一幅奇丽的红色记忆，成为人们今后生活和工作永远取之不尽用之不竭的精神动力。

沛县儿女多奇志
千人支边创辉煌

——江苏省沛县 1959 年支边青壮年的支边纪实

　　20 世纪 50 年代，党中央号召湖北省、江苏省青壮年支援边疆建设。江苏省委积极响应党中央的号召，立即动员盐城地区的阜宁县，扬州地区的泰州县，徐州地区的铜山县（今铜山区）、沛县、邳县（今邳州市），南通地区的如东县，以地区为单位，组织支边青壮年分别于 1959 年的 7、8、9、11 月依次进疆。

　　按照江苏省委的安排，沛县支边青壮年于 9 月份进疆，支边总人数为 1560 人，其中 1098 人分配到巴里坤县，462 人分配到塔城地区的乌苏县（今乌苏市）、伊犁地区的巩留县。这些支边青壮年落户新疆，为新疆的经济建设和社会进步，不仅自己奉献了终生的智慧与力量，还将子女留在了新疆，继承他们的志愿，为新疆的发展添砖加瓦，奉献力量，许多人取得了丰硕的成果，在新疆的发展史上留下了光彩夺目的一页，真正兑现了"献了青春献终身，献了终身献子孙"的承诺。

中央号召援新疆　万人欢送动心弦

沛县县委、县政府接到省委通知后，就把支边工作当成了全县的头等大事来抓，迅速成立"沛县支援新疆社会主义建设委员会"，简称边委会，下设办公室，负责动员、组织支边的日常工作。

边委会决定：支边青壮年以军队建制建立进疆组织，县级为营，公社为连，下边还设排、班。决定抽调城关公社党委第二书记王忠明为沛县支边总负责人和进疆副总指挥，新疆巴里坤县迎接支边人员的干部刘文起任进疆总指挥。

沛县县委、县政府指示边委会广泛宣传支援边疆建设的伟大意义，深入动员符合条件的青壮年响应党的号召，积极报名，自愿支边。边委会制定宣传动员计划，要求县和公社各有1名领导亲自抓，县、公社分别组织宣讲团、宣讲队，深入公社、生产大队、生产队，召开群众大会，进行宣讲。县广播站、公社广播室将这个阶段宣传支援边疆建设列为宣传重点，大造声势，大张旗鼓地宣传支援边疆建设的重要性、必要性和伟大意义，支援边疆的条件与要求，报名与审批的权力与程序，全面介绍新疆"是个好地方"，丰富的矿藏，飘香的瓜果，好客的民族，优美的歌舞……通过近3个月热火朝天的宣传动员，全县处处讲新疆，人人谈支边，支边光荣、支边有责与支边的重要性家喻户晓，人人皆知，甚至连几岁的幼童都互相传唱："新疆是个好地方，我要跟爸爸去新疆"。

在广泛宣传的基础上，支边工作进入报名、确定支边对象阶段。边委会规定以公社为单位报名，明确男女报名比例、基层干部比例、政治审查的条件、年龄的限制、家庭财产的处理办法等，到了报名这一天，报名群众成群结队地涌向公社，从早到晚，陆续不断，热火朝天，形成报名支边的高潮。

报名结束后，根据支边条件和支边任务，经边委会审查，于1959

年9月10日批准支边人员1560名，给每人下发"批准通知书"。随后，各公社召集批准支边的人员合影留念。

9月14日~16日，被批准的支边人员与送行的家属相继住进了沛县招待所。边委会领导向全体支边青壮年宣布了支边营的组织名单，王忠明为营长、教导员和进疆副总指挥，迎接支边人员的巴里坤干部刘文起任进疆总指挥。任命了连、排、班的干部，也宣布了每个人所属的连、排、班，为每人发了一块用红布制作的长方形胸章，上面写有支边营、连、排、班的名称、支边人的姓名、编号，县里给每人发放了用新兰平布缝制的一床棉被和一身棉衣。

在县城的3天里，县里一是每天进行盛情招待，二是每天晚上县豫剧团为支边人员演唱戏剧。

9月17日早晨，县里举行隆重的欢送启程仪式。县里抽派城关公社副社长杨志中和医务人员护送支边青壮年进疆。送人的汽车有70余辆，每辆车上都贴满了各种彩色标语，在沛徐公路上排成了一条长长的彩色长龙。从沛城到鹿弯两千米长的公路两边，聚集了上万送行的父老乡亲，他们有的打着"响应祖国号召到祖国最需要的地方去！""热烈欢送支边人员平安进疆""大力支援新疆社会主义建设""支边光荣"等红色横幅标语，有的手持彩旗或彩带，有的高举花束，有的手里摇着帽子或花头巾，告别声、欢呼声响成一片，车上车下，笑着哭，哭着笑，握手，挥别，处处都是感人肺腑的场景。

在送别的高潮中，支边领队、进疆副总指挥王忠明和进疆总指挥刘文起指挥领头车辆的工作人员打响发车的信号枪，"嘭、嘭、嘭"三颗彩色信号弹冉冉升上天空，天空顿时灿烂夺目，汽车徐徐前行，公路两边锣鼓喧天、鞭炮齐鸣，场景热烈，盛况空前，令人激动和震撼。当汽车到了张庄公社与铜山县（今铜山区）交界处，欢送告别再掀高潮，人们再次沉浸在激动和离别的情感中。

千人支边歌一路　　誓做蒲类拓荒人

17 号下午到了徐州火车站，并在站台上吃了午饭。进疆的火车是运货的盖子车，早都停在站台间了。大家接到上车的命令后，立即按连、排、班编好的车厢上了火车，每节车厢内两边门上都贴上了连、排、班名额、到站、吃饭、上水、倒马桶的时刻表。车厢内铺着麦草，自己的行李卷就是座位，厢内还设有临时的马桶和开水桶。连、排、班长在车上都有明确分工，为大家提供各类服务。行车途中，各连、排、班都不断地唱歌和表演一些小节目，讲故事、说笑话连续不断，走一路唱一路，气氛热闹而欢快。

列车行进到甘肃定西车站，正值阴历中秋佳节，车站准备了丰盛的午餐——大肉炒粉条，还给每人发放了两块月饼，喜庆中秋佳节。

9 月 22 日天亮时，列车平安到达终点尾亚车站，所有人员下了火车，随即上了哈密迎接支边人员的大卡车，于当天天黑时刻到达哈密。当时，哈密行署在新华旅社餐厅举行了欢迎仪式，盛情招待了所有支边人员，在餐厅表演了精彩的民族歌舞，使大家领略新疆独特的民族文化，成为大家了解新疆的开始。

9 月 23 日，在新华旅社吃过早饭，护送人员杨志忠与医务人员就返回了沛县；分配到塔城地区乌苏县（今乌苏市）和伊犁地区巩留县的 462 人坐车继续西行，分配到巴里坤的 1098 人全部坐挂拖斗的拖拉机去巴里坤县。当拖拉机开到天山庙时，由于盘山路崎岖难行，考虑到行车安全，除带小孩的妇女坐拖拉机下山外，其余人员一律步行下山到口门子。

来到口门子，早有 100 多名巴里坤的各族农牧民代表骑着马在等候迎接。他们看到支边人员到了，就用不太熟练的汉语呼喊："欢迎江苏同志支援边疆建设！""支边同志们好！""支边同志一路辛苦了！"等欢迎口号。当拖拉机再次开动时，他们就骑着马随着车队护送到奎苏公

社。奎苏公社搭上了彩门，各族代表敲锣打鼓、扭着秧歌迎接。安置在奎苏公社的人员下车后，又坐上各队来迎接支边人员的牛车、毛驴车、拖拉机，前往各自的生产队。各队事先已把住房打扫好了，村干部和社员们还在村头迎接着他们。

车辆继续西行。路过沿途各公社安置点时，分配到该公社的支边人员亦如奎苏一样被各村队接去。9月23日晚，所有支边人员都安全到达了被安置的生产队。

接收支边青壮年的各生产队，有的事先盖好了房子，有的腾出生产队的公房，有的腾出老社员们的私房，总之，支边青壮年的住房、吃饭，各接收生产队事先全部做了安排，生活用品和生产工具也在生产队和老社员们的帮助下得到妥善解决。后来在天气逐渐寒冷时，给男同志发了羊皮大衣，男女各发一双毡筒（一种用羊毛碾压制成的高筒抗严寒保暖鞋）。

为了进一步稳定支边青壮年的情绪，激发他们扎根边疆、建设边疆的热情，巴里坤县委、县政府一是在支边青壮年中选拔有各种特长的人员安排适当的工作，使他们能够各尽所能，为边疆建设做出更大的贡献。因此，有的支边青壮年进入了党政机关，当了干部；有的当了大队长、支部书记，成为基层干部；有的当了会计、管理员，成为基层管理人员；有的进入厂矿企业工作；有的当了教师与医生，成了专业技术人员；有的进入国营商业单位，从事商业经营工作。总之，有一大批支边青壮年走上了新的工作岗位。二是经常召开公社新老社员座谈会，新老社员交流思想，融洽感情，鼓励新老社员间加强团结，互相帮助；了解支边青壮年生产、生活情况，及时解决支边青壮年在生产、生活中的困难，激发支边青壮年扎根边疆的积极性。三是县委召开"支援边疆建设积极分子大会"，大力表彰支边青壮年中涌现出来的先进、模范人物，表彰帮助支边青壮年扎根边疆、安心支边的老社员代表和对支边青壮年安排工作的先进社队，形成关心支边青壮年、帮助支边青壮年、激

励支边青壮年的社会氛围。自治区支援边疆建设积极分子代表大会是在1960年10月召开的，地点是首府乌鲁木齐群众饭店。中央共青团书记胡克实和国家农垦部移民局徐局长以及各援疆省市的代表都到会祝贺，自治区党委书记王恩茂在会上做了重要讲话，自治区党委、政府、政协、新疆军区领导全部到会，各援疆省区代表在大会上做了发言，各地州市支边积极分子代表和安置支边青壮年先进模范单位在会上介绍了先进事迹。他们一致肯定了支边一年来的成绩，高度赞扬了支边青壮年的奉献精神，与会代表受到了极大的鼓舞。历时15天的会议结束后，自治区党委、政府、新疆军区和生产建设兵团联合在昆仑宾馆招待了大会代表。代表回到哈密，哈密专区党政领导在哈密饭店接见了出席大会的代表、招待并合影留念。巴里坤代表回到巴里坤时，县党政领导召开座谈会，传达会议精神，与代表们合影留念，进一步稳固支边青壮年的情绪、激发支边青壮年扎根边疆、建设边疆的干劲与决心。四是派遣干部接迁支边青壮年的亲属。1960年8月，巴里坤县委派县民政科干部姚庆言带领支边人周汶、鹿承沛、朱信礼到沛县接支边青壮年家属1200余人。1962年，支边带队干部、巴里坤县民政科科长王忠明返回沛县接支边家属200余人，其中自愿来疆的有近百人。五是沛县支边慰问团来疆慰问。1964年，沛县组织支边慰问团来疆慰问，在巴里坤县召开了慰问大会，演出了文艺节目，并深入社队等基层进行走访，极大地鼓舞了支边青壮年扎根边疆的积极性。通过这些有效措施，激励支边青壮年安心边疆、扎根边疆、建设边疆的决心，以兵团农垦战士为榜样，做新疆人，做蒲类大地的拓荒人，用毕生精力实践在支边欢送大会上到边疆建功立业的承诺。

献了青春献终身　条条战线出状元

光阴似箭，日月如梭。转瞬江苏沛县支边人在新疆已经度过了55个春秋，当年支边青壮年中的小伙子、大姑娘已经成为华发丛生的古稀

老人，他（她）们将一生全部献给了蒲类，献给了新疆，用自己宝贵的一生践行着支边进疆时的诺言，在各条战线上做出了光辉灿烂的业绩，为新疆的发展做出了自己应有的贡献。

（1）农业成就永载史册。1959年12月，沛县支边青壮年们落户巴里坤仅有两个多月，就拿起铁镐，挑起箩筐，背上行李，与兄弟地区支边青壮年一起，参加巴里坤县历史上第一座水利工程——团结水库的修建，他们冒严寒，顶风雪，住窝棚，昼夜不停，奋战数月，终于在1960年9月完成了水库工程，为巴里坤的农业丰产做出了贡献。在团结水库工程建设中，沛县支边青年李茂甡、王忠美、王信友3人表现突出，被批准入党，李茂甡、王忠美两人被录用为干部，后来分别走上科级领导岗位。

沛县是大汉之源，龙城水乡，境内全为冲积平原，农业生产以精耕细作著称。支边青壮年落户巴里坤后，首先将老家先进的农业生产技术带到巴里坤县，彻底改变当地广种薄收、粗放经营的农业生产方式。石人子公社支边队队长韩玉德带领社员平整土地，改造碱滩地和中低产田，兴修水利，整修水渠，广积农家肥、引进新品种，加强田间管理，不到三年时间，就将原来亩产小麦80多千克的贫瘠土地改造为亩产300多千克的高产田，创造了20世纪60年代巴里坤县少有的高产。

（2）开创巴里坤县的化工产业。沛县位于江苏省西北端，东毗微山湖、昭阳湖，境内无山，全部为冲积平原，农业发达。但农民们在千百年的农业经营中，深深体会到：种植粮食作物，只能解决吃饭问题，农民无工不富，无副不富。支边到了巴里坤，这种情况更为突出，因为巴里坤县气候寒冷，一年只能播种一季庄稼，与沛县一年三熟的地方相比，农业收入更显困难。支边青壮年们从住下开始就琢磨以副养农、以副促农、增加收入的办法。当时巴里坤县社员搞副业，一是组织多余劳动力到哈密盐场挖硝挖盐、到车站装卸货物；二是组

织多余劳动力成立土建队，进城招揽土木建筑工程，帮人修房子、打土块。沛县支边青壮年特别是在农闲季节，通过生产队批准，大部分参加副业生产，增加社队和个人收入。支边干部袁兴亚就是奎苏公社副业队的领导，支边青壮年孙九成就是挖盐、挖硝和修路、挖土方的带头人。由于成绩突出，收入丰厚，1963 年奎苏公社被哈密行署评为副业生产先进单位，袁兴亚等人也被评为副业生产先进个人。石人子公社支边队队长韩玉德总结在七角井挖硝挖盐副业生产的经验，决定带领社员到巴里坤湖挖硝，获得成功，使蕴藏在巴里坤湖的宝藏第一次见了天日。继之，韩玉德又带领社员们在巴里坤湖畔建起了化工厂，开创了巴里坤县化工产业的先河，被巴里坤人誉为巴里坤第一个吃螃蟹的人、巴里坤县化工产业的创始人。

（3）推动巴里坤县的教育事业。支边青壮年到巴里坤后，不少人被选拔到中小学担任教师，有的是民办教师，有的是公办教师，但不管是哪种形式的教师，他们都能做到认真教学，认真管理学生，改革教学方法，注重教学质量，促进学生德智体全面发展，不断将学校教育推向更高的层面。沛县支边女青年王素云被安置在奎苏公社闫家渠队，1960年被分配为民办教师，她用队里的磨坊当教室，用老家寄来的旧课本当教材，办起了最早的闫家渠小学，后来发展为南湾学校，不但成了完全小学，同时还增设了初中班，王素云被任命为校长。沛县人闫洪亮，从副业队调回奎苏中学任教后，学校委托他，组织高中毕业班任课教师，进行高考攻关，当年文、理科毕业生各有一名学生考入大学（本科），打破了奎苏中学建校以来高考零录取的记录。此后，闫洪亮被任命为主管教务的副校长（三年后任党支部书记），狠抓教学与教学管理，使奎苏中学的教学质量和升学率逐年提高，竟跃居为巴里坤县各中学之首。

（4）走上领导岗位显光彩。沛县是龙飞之地，沛县人思考问题总是从大处着眼，从全局着眼，从国家着眼，沛县支边青壮年一次进疆就达 1560 人，原因即此。沛县支边青壮年到巴里坤放下行李后，立即投

入生产劳动，不怕苦、不畏难，拼搏奉献，靠着自己的双手，靠着自己的勤奋，靠着沛县人处处争先、事事走在人前的传统，不断将自己的事情做得好上加好。也正因为如此，不少沛县支边青壮年在生产实践和工作实践中逐步走上各级领导岗位，为边疆建设和社会进步做出了更大的贡献。支边女青年、三八红旗手、自治区第二届（1965年）青年社会主义建设积极分子邵先华，由农民逐步走上厅局级领导岗位，成为沛县支边人中行政职务最高的人。相继走上县级、副县级领导岗位的还有：赵广益、王忠明、周汶、任振娥、郝敬霞等；走上科级领导岗位（含事业单位中级专业职称与30年工龄享受科级干部待遇的人）的有鹿承沛、袁兴亚、李茂甦、王忠亮、陈召云、冯守春、张道台、王世伟、张家鑫、张月华、顾朝礼、贾理斌、陆存合、戚后兴、王惠黎、马忠政、沈继德、王忠美、王忠莲、韩友朋、闫洪亮、王长乐、张作庭、张兴文、张兴武、刘翠英、王素云、居玉玺、李宪周、张忠法、姜忠元、安增厚32人。这些同志在各自的岗位上不断创造新的业绩。支边带队干部、巴里坤县民政局局长王忠明1960年被自治区人民政府评为自治区建设社会主义积极分子、1981年被国家民政部评为全国民政工作先进工作者。支边女青年邵先华在巴里坤被誉为"铁姑娘"，1965年分别被评为自治区第二届青年社会主义建设积极分子、全国三八红旗手，1966年国庆节，邵先华作为国庆观礼新疆代表团的代表，在天安门城楼上见到了毛泽东、刘少奇、周恩来、朱德、陈毅、李先念等国家领导人，10月30日受到邓颖超等领导的接见。马品彦2002年被自治区党委宣传部、自治区科技厅、自治区科协联合授予"科普工作先进个人"光荣称号，同年被国家科技部、国家科委、中宣部授予全国科普工作先进个人，2005年享受国务院专家特殊津贴待遇。赵广益于1990年11月被中纪委授予"全国优秀纪检干部"称号，并出席在北京召开的"全国先进纪检组织优秀纪检干部表彰大会"，受到了中央领导的亲切接见。周汶、韩维贵、吴春娥、姜忠元于1960年被自治区人民政府分别评为

自治区建设社会主义积极分子。姜忠元于 2007 年被自治区老干部局评为自治区老干部工作先进工作者，闫洪亮于 1985 年被自治区人民政府评为自治区优秀教师，陈召云于 1964 年被自治区团委、教育厅评为自治区优秀少先队辅导员，张兴源于 2011 年受到酒企业全国先进表彰会表彰。沛县支边青壮年受过地、县级奖励的还有周汶、李俊山、王志霞、姜忠元、吴春娥、韩维贵、陆存合、袁兴亚、闫洪亮、王素云、倪道荣等，计受县级奖励 17 人次、地级奖励 13 人次。支边第二代因为工作面广、人数多，所受的各种奖励本文未做统计。

（5）专业技术奉献多。沛县支边青壮年从事专业技术工作的人，专业成果丰硕，有的成果在本领域内堪称出类拔萃。从事宗教学研究的马品彦，成果辉煌，著作等身，由马品彦主持的科研项目有自治区哲学社会科学基金项目《当前新疆宗教问题及对策研究》等 5 项；参与工作的社科项目有国家哲学社会科学基金重点项目《中国新疆地区伊斯兰教史》等 3 项；马品彦的社科专著有《正确阐明新疆伊斯兰教史》等 5 部，由马品彦主编的社科著作有《无神论与宗教知识问答》等 3 部，马品彦与同事合著的社科作品有《新疆宗教史略》等 3 部，马品彦参与撰写的社科著作有《马克思主义宗教观简明读本》等 12 部。马品彦的社科专著《正确阐明新疆伊斯兰教史》，2005 年获"新疆维吾尔自治区第五届哲学社会科学优秀成果一等奖"；马品彦参与撰写的社科著作《马克思主义宗教观简明读本》，1994 年获全国"五个一"工程"一本好书"奖；《马克思主义宗教观通俗读本》《泛伊斯兰、泛突厥主义在新疆的传播及对策研究》《中国新疆地区伊斯兰教史》《中南亚的民族宗教冲突》，相继荣获自治区哲学社会科学优秀成果等奖项；《新疆建设社会主义核心价值体系百问》，2009 年被中宣部作为向全国读者推荐的 6 种优秀通俗理论读物之一。从事建筑行业的任振娥，在技术革新、技术改造和技术引进工作中，组织制作的垂直运输龙门架，创造了哈密建筑行业中的一个第一；引进 160 吨

汽车吊、塔式起重机等都是建筑行业首次引进。从事教育工作的闫洪亮，多篇关于学校管理和教学工作的论文，被报刊采用并在教研学会上宣讲，受到县地教育部门奖励。从事专业技术工作的沛县人，在工作实践中分别被评聘为不同的专业技术职称，马品彦被评聘为二级研究员，任振娥被评聘为高级工程师，张道合被评聘为经济师，闫洪亮、张友敬分别被评聘为中学高级教师，张兴文被评聘为小学高级教师，程月仙、林翠萍分别被评聘为药剂师，倪道荣被评聘为护理师，朱恒道被评聘为会计师等，他（她）们在各自的工作岗位上，不断创造出新的业绩，不断做出新的奉献。

　　55 年的峥嵘岁月，55 年的边疆建设，完全将沛县支边青壮年锤炼成地道的新疆人，他（她）们真正兑现了"献了青春献终身"的支边承诺。支边青壮年李宪周在上海治病期间去世前，交代妻子惠秀英说："我的骨灰一定要埋在巴里坤，我一定要兑现扎根边疆的誓言！"无独有偶，支边青壮年韩友朋在沛县治病期间去世前，也叮嘱妻子王秀云："叶落归根，我的根应该在支边的巴里坤，我的骨灰一定要运回新疆埋葬。"他（她）们还做到了"献了终身献子孙"，沛县支边青壮年的第二代在哈密行政部门工作走上处级领导岗位的有朱新元、毕玉革、孙志兵、郭云坤、张志军、戚传武、周忠宇、仁礼、沈建峰、吕志力 10 人；走上科级领导岗位和在专业技术部门工作被评聘为中级以上专业技术职称的，因为人数太多，未能统计出具体的数字。仍然从事农业生产的第二代沛县人，在改革开放政策的照耀下，大都成为农村的富裕户，如石仁子乡支边队农民沛县人韩方向、李发河 2 人，他们承包队里外出务工农民的土地 500 亩①，用机械化耕种，成为巴里坤县的产粮大户，年收入 30 多万元。支边队 90 户人家，家家都有手扶拖拉机，有大小汽车 35 辆。支边青壮年张宪亮的二儿子张新源，在哈密市友谊商贸城开了一家家具店，还在伊吾县淖毛湖建了砖瓦厂，资产近 5000 万元，现任江苏

---

　　① 1 亩约为 666.67 平方米。

商会副会长……

　　沛县人的支边事业就像接力赛跑，一棒传一棒，棒棒相传。现在第一代支边人多已进入暮年，但他（她）们的儿女们继承他们的志愿，接过他（她）们手中的赛棒，踏上新的"支边"征程，代代相传，永远为边疆的经济发展、社会进步做着无尽的光彩的奉献。

悼念夏君

引　子

　　夏银江同志青年时期就参加革命，为抗日战争、解放战争、抗美援朝战争的胜利做出了贡献，仅解放战争中就历经了涟水战斗、朱城战斗、兖州战斗、耒阳战斗、莱芜战斗、淮海战役、渡江战役等重大的战斗与战役，在兖州战斗中负伤，为三等二级残疾军人。夏银江同志作战勇敢，带兵有方，担任部队主官后，对部队的建设、保卫边疆做出了突出贡献。特别是担任哈密县（今哈密市）"革委会主任"期间，正值"浩劫年代"，他能排除干扰，力挽狂澜，正确执行党的路线、方针、政策，制止"清队"与"一打三反"运动中的扩大化与刑讯逼供，维护了党的威信与形象，深受哈密各族人民的拥护与爱戴。

　　上午为军分区原副政委夏银江同志送葬后，总是不能平静下来，沉重的悲伤使我的心隐隐作痛，我所知道的夏君的往事就像放电影一样，一幕一幕不停地在我的脑海里交替出现。

　　我认识夏君是在那个浩劫的年代，当时他以哈密县（今哈密市）

人民武装部政委的身份担任哈密县（今哈密市）"革委会主任"兼党的核心领导小组组长，我所在的单位哈密专员公署已经完全瘫痪，因为我不愿意参加武斗，所以我有充分的时间与感情比较融合的同志往来，就在这种情况下，经友人介绍我认识了夏君。

夏君是我十分尊重的少数几个人当中较突出的一个。当时我所以尊重他，一是因为在那派性泛滥的年代里，他却能公正地对待两派群众和两派问题，团结和重用持有不同观点的干部和群众，与同时担任地方"革委会主任"的其他军内干部形成鲜明的对比。在那特定的年代和那特定的氛围中，他能独树一帜地坚持党的实事求是原则和党的一贯政策，确实是难能可贵的。二是因为他能顶住在"清队"和"一打三反"运动中的扩大化和刑讯逼供的错误潮流。当时地区单位在"清队"和"一打三反"运动中的扩大化和刑讯逼供是十分严重的，我所在的单位哈密专员公署一次就揪斗30多人，地区综合站在刑讯逼供中被打伤残的就达十多人……而哈密县（今哈密市）各单位虽然地区派去了兵宣队，但在夏银江同志的坚持下，顶住了扩大化和刑讯逼供的歪风，在"清队"和"一打三反"运动中错揪错斗的问题极为轻微。后来我与一些老同志的聊天中，不少老同志都庆幸自己在那样的浩劫年代里却能遇到夏君这样好的领导，对夏君都深表感激，认为是夏君保护了他们，使他们在浩劫年代中又能避免了一场劫难。三是因为他能正确地运用权力。夏君在哈密县（今哈密市）"革委会"任职期间，为群众办事是尽心尽力的，不论是历史的问题，还是现存的问题，只要是政策允许的，他都会积极去办。生前他虽然已经离休20多年了，但他家里仍然是宾客盈门，这是一个很重要的原因。一次，我与他聊天时说：你这一辈子真为哈密人办了不少事。夏君听了好一会儿才慢吞吞地说：人民给了我权力，不为群众办事还想干什么？我不管他是哪派的，他的要求只要是符合政策的，我就积极为他办好。当我说到一些领导干部搞派性的问题时，夏君立即明确地对我说：他是领导，我对他只有建议权，没有领导

权。但我应该管住自己，我自己一定要正确运用人民给我的权力，要将这个权力用在为群众办事上。他的话平静而朴实无华，但却深深地震撼了我的心灵，在此后几十年的工作中，我常常以夏君的话对照自己，以夏君的做人原则作为我的座右铭。

夏君很有大哥的风度。我与夏君没发生过工作关系，他从哈密县（今哈密市）"革委会主任"岗位上下来后就回了军内，最后是从哈密地区（今哈密市辖区）军分区副政委岗位上离休的。但我们相处得十分投缘，十分融和，我总是把他当作大哥来尊重。他比我大哥小两岁，迟我大哥五年参加革命，战争经历基本是一样的，所不同的是我大哥从朝鲜战场上回国后，参加了七机部的筹建工作，后来一直在七机部系统工作，而夏君从朝鲜战场上回国后，又在中印反击战的枪声中来到了新疆，来到了哈密，将其后半生献给了边疆的建设事业。我总觉得夏君身上散发着大哥的豁达和胸怀，他对我们这些比之还算年龄小的同人，总在思想上循循善诱，工作上解疑释难，生活上关怀备至，引导我们豁达对人，豁达对事，虚怀若谷，遇事向前看。他常对我说：如果世界上的人都像你希望的那样，那还能叫社会吗？社会就是由各种各样的人组成的，你遇到的仅是人生道路上一个挫折而已，有什么值得计较的！过去就让它过去，人要生活在前进中，生活在对未来的不断奋斗中。后来我能全身心地投入到史志的研究和文学的创作中，与这些教育和影响是有一定关系的。想想我现在的成就和荣誉，真得感谢夏君啊！

夏君是一位很会做老人的人。1984 年离休后，他仍像未离休时一样，热情地与我们这些人往来，在路上遇见你他总是先与你打招呼，听到我们有什么事未做对，总是及时地给我们指出来。每隔一段时间，他还会主动到你的办公室里坐一坐。偶尔有人托他办点事，只要是我们力所能及的，一般都是他到我们办公室里来说。夏君是一个十分随和的人。平时我们遇到什么高兴的事，几个人相聚时也希望老大哥来分享我们的快乐，只需要一个电话，他就会如约而至。不像其他一些领导，好像不说

忙，人们就不知道他是领导；不迟到，就不能显出他的身价尊贵。有些人从领导岗位上离退休了，不愿意出门，不愿意见人，甚至连机关也不去了，"失落感"十分鲜明，我在夏君身上从未发现有这种痕迹，离休后他在我们这些百姓间活动得更自如、更自信。军分区的悼词中说：

"他……光荣离休后，作为一名德高望重的老革命、老领导，仍然关心部队的建设，积极出谋划策，始终保持了一名老党员、老军人、老同志的优秀品格和高风亮节，深受分区广大官兵的赞誉和尊敬。"其实这些"赞誉和尊敬"不仅是"分区广大官兵"的，也应该包括我们这些百姓。

群众对夏君的口碑，是我认识的地县级干部中少有的较好的。夏君离休后，我在岗位上又工作了 20 年才退休，在这 20 多年中，不论在与人洽谈工作中，还是在茶余饭后与人聊天中，我听到的都是对夏君的歌颂、肯定甚至是感激，从未听到对夏君的否定或非议，这在我所认识的地县级干部中是独一无二的。生活中常见的现象往往是在职期间歌颂声不绝于耳，而一旦调动了或离退休了，非议声才会出现于街头巷尾。过去常说"盖棺论定"，实际上应该是"调动论定""离退休论定"，因为你调动（包括提职）了或离退休了，人们对你的议论（评价）才是真实的、发自内心的。我与我的同事聊天中经常说到夏君这一点，人们都觉得人生第一重要的东西是做人，认为夏君做人能做到听不到非议的程度，确实是难能可贵的，生活中是极为少见的。

夏君于 1927 年出生于江苏六合县（今六合区），1944 年参加革命，从一名战士逐步成长为一名将军（我觉得师职军官可以称为将军）。夏君的一生，正像他的灵堂对联写的那样："戎马一生，转战南北；光明磊落，浩气长存。"夏君的逝世，正像军分区的悼词说的那样："使我们失去了一名好党员，失去了一位优秀政工领导者，失去了一位好战友。"对我个人来讲，是失去了一位好兄长，失去了一位良师与益友。

悲痛之中，特写此文，以表达我对夏君的哀悼。

夏君，愿你一路走好！

回忆我的局长邢宗凡

——写在邢宗凡逝世 22 周年祭日

邢宗凡局长逝世于 1991 年 1 月 28 日，每年这一天，我总会想起他那黑黑的脸庞、魁梧的身材、浓重的徐州口音以及对我们年轻人、对我们老乡那种浓浓的亲情，更会想起他的丰功伟绩、他对哈密的贡献以及他在"文化大革命"中所受的迫害……政协哈密地区（今哈密市辖区）工作委员会主任魏天哲认为从 1959 年江苏人响应中央号召支援边疆建设以来，现在哈密各条战线上江苏人约有 10 万，约占哈密地区（今哈密市辖区）人口总数的六分之一，对哈密的经济建设与社会进步起到了举足轻重的作用，决定牵头编辑《江苏人在哈密》一书，将江苏人在哈密建设中的功绩记入史册。我听到这个信息后，第一个想到的入书对象就是我的局长邢宗凡，就在他的周年祭日这一天，我的友人送来了当时对邢宗凡局长的悼词以及他的履历，一下子将我完全推进了对邢宗凡局长的回忆。

一

我认识邢宗凡是在 1965 年初。我于 1964 年进疆，分配在哈密专署（今之行署）文教科教育组任干事，当时专署机关只设立一个打字室，各科局文件均由专署办公室主任签发，当时邢宗凡任办公室副主任（无主任，由其主持工作），我送文件请他签发，他一面看文稿，一面问我："你就是去年从淮阴来的？"我答是的。他又问："你怎么用毛笔起草文件呢？"我拘谨地答："想练一练毛笔字。"他抬起头来看了我一眼，平静地说："以后起草文件用行书，行草有些字不好辨认。"我一面答应着，一面拿着他签发的文件送往打字室。从此我就认识了邢宗凡：是主任，也是一位老人，我从他那浓重的徐州口音中还知道他是一位江苏老乡。

那时候我爱人大学毕业分配在泰州市工作，我是一个人进疆的，所以只能住在专署三楼的单身职工宿舍，晚上与单身族们谝传自然就会说到邢宗凡，办公室的同事告诉我："邢主任是从地委办公室副主任的岗位上刚调过来的，是 1959 年江苏徐州地区支边青壮年的总带队，进疆后任地委办公室副主任。"我很不解，邢宗凡主任怎么一进疆就能担任地委办公室副主任呢？我的同事看我孤陋寡闻的样子，揶揄地说："你的老乡是个老革命呢，1940 年就当了联防队长兼乡长，1942 年就入了党，那个时候你恐怕还在摇床里睡觉呢！"我一面诚实地承认 1940 年我才 1 岁，不过不是睡在摇床里，而是坐在窝篮里；一面在心底里对邢宗凡升起一种崇敬的情感，他参加革命的时候，我还在褓褓中呢！这么早就参加了革命，当个办公室副主任还委屈了呢。后来同事还告诉我：邢宗凡在中华人民共和国成立之前还相继担任过县警卫队长、副连长、连长、分区教导队司令部参谋、副区长、区长等职，中华人民共和国成立后担任过区党委书记、地委秘书、县民政科长、公社党委书记等职。同事郑重地对我说：邢主任工作上从

不挑拣，一向以党的需要作为个人的志愿，所以 1959 年党中央号召支援边疆建设的时候，他就积极响应，第一个报了名，并积极担任徐州地区支边青壮年的总带队，带上自己的妻儿老小，从江苏的工业城市、交通枢纽徐州，义无反顾地来到了新疆哈密这个边疆小镇。自从他担任地委办公室副主任后，将老解放区的雷厉风行、说干就干、全心全意、不怕苦不怕累、夜以继日的工作作风带到了地委办公室，建章立制，严格要求，身体力行，很快就将地委办公室的工作推上新的台阶。"这不？我们的前任主任调到县委担任副书记了，地委就将他调过来，他一来就从规章制度上抓我们，我们再不敢迟到早退了。"我的同事看我愣愣的样子，特地加重语气向我介绍。

从此，邢宗凡给我留下的印象是一个完全的布尔什维克，对党忠诚，以党的利益为重，工作上有魄力、有能力、有成就，是一个值得尊重与信赖的老革命。在地委办公室工作虽然只有短短的五年，但在地委干部中却能留下如此良好的口碑，是十分难能可贵的。

二

1966 年 5 月，专署（原哈密地区专员公署）的"浩劫"开始，并从批判吴晗、廖沫沙兴起了大字报，从 6 月开始。以专署人事科为基础，以干部历史档案为素材，时不时地抛出惊人的大字报总是把我惊得目瞪口呆。关于邢宗凡的大字报就是其中的一个典型的例子，这张大字报说邢宗凡是负有两条人命的杀人犯。晚上，我乘个空，忐忑地问办公室的一位秘书："邢主任不是一个老革命嘛，怎么又成了杀人犯？"他目向前方，停了好一会儿，像是回答我的问话，又好像是自言自语地说："是不是杀人犯，要到运动后期定案才能知道呢。有些人就是怪，每次运动来了，就要以陷害别人为阶梯向上爬。"后来我从人事科一个同事的口中得知，他们是将一个人的揭发材料变了个口气写成了大字报。我琢磨：邢宗凡被冤枉是肯定无疑了。从 7 月开

始，邢宗凡与其他所谓有问题的人统称为"牛鬼蛇神"，被责令到副业地劳动改造。我看着他们扛着劳动工具，在民兵连长的口令下排队去劳动，想起他们在年轻时为党的事业冲破国民党反动统治的重重阻碍，冒着生命危险，奋斗了许多年，革命胜利了，中华人民共和国成立了，他们却被斥为"牛鬼蛇神"，押解着改造，是无论如何也拐不过这个弯子的。一天，我看邢宗凡扛着坎土曼过来，正好前后没有人，我就迎了上去，邢宗凡似乎看透了我的心思，抢先但却平静地说："运动嘛，开始总会有一些过激的做法，最终总会水落石出、是非分明的。"我疑惑地说："那两个人……"邢又抢先说："那是真的。不过我是执行上级的决定，代表党对他们进行处决的。""那你怎么不进行申辩呢？"我仍然不解地问。"心中无冷病，不怕吃西瓜。我有必要向群众进行申辩吗？"邢宗凡说完后，头也不回地劳动去了。我望着他那挺拔的腰板，想着刚才他那蒙冤不惊、受诬不辩的平静而坦荡的神情，他在我脑海里的形象高大了起来。我想：这就是老党员的形象啊！

1970 年初，专署进驻三道岭矿区派出的工宣队开展"清队"和"一打三反"运动，在专署掀起一股乱揪乱斗的严重扩大化和刑讯逼供的错误风潮。邢宗凡是第一个被揪斗并作为整个专署干部"练兵"的对象，其被刑讯的严重性是可想而知的，但从被关开始的第一份材料，到 300 多天后被放出来的最后一份材料，一模一样，始终如一，全部是平静的申述与说明，没有屈从，没有媚文，一种共产党员坚持原则、坚持斗争的骨气在他身上表现得淋漓尽致。

一次聊天，邢宗凡说他被打得最严重的是在一次斗争会上，他被逼着做"喷气式"，专署一个干部从他的后边连续向他的肋骨掏了两拳，当天晚上，胸部出现了深紫色的斑块，并向外渗液体，后来诊断是肋骨被打断戳到肺叶形成的现象。他说："做'喷气式'，正好可以看清后边的人。"1973 年初，邢宗凡恢复工作后被任命为地区文教

局局长，却同意该同志调到文教上工作，我十分诧异，邢宗凡看着我不解的神情，平静地解释："就算是'海纳百川'吧。"他看我还是怔怔地望着他，又进一步解释："我是领导，他用错误对待了我，我总不能再用错误去对待他吧！"虽然仅有寥寥数语，但邢宗凡将他那不计前嫌、宽以待人的博大胸怀和盘托了出来，邢宗凡又一高大形象在我的心底里升腾了起来。

三

1973 年初，专署"斗批改"宣布结束，我们恢复了工作，58 岁的邢宗凡成了我的局长，从此与他也就有了近距离的接触。地委宣布任命后，邢踌躇满志，铆足了劲要干一番事业。他一是从拨乱反正教育理念入手，当时在"白卷英雄"张铁生的"榜样"下，学校"开门"无限，邢宗凡提出学校要恢复正常教学秩序，以学为主，学工学农要有量的限制。二是解决当时办学不足的问题，邢宗凡与邮电局协商，划出邮电局的副业基地，创办三中与七小；将师范初中生迁入三中，恢复师范教育；将地区一中内汉族学生迁出，创办五中，使城市中小学布局初步趋于合理。三是坚持当时工农兵学员的推荐原则，顶住当时派性的压力，解决在农村劳动表现好，生产队、生产大队、公社推荐的当时仍被打成走资派的领导干部子女如原地委书记张家树、原县委书记郭永海的子女入学问题。四是调整当时各校教师，合理配备教育资源，促进各中小学均衡发展。五是开展中专与职业技术教育，督促我向自治区教育厅要指标，创办卫校与技工学校（当时统属地区文教局管理）。同时还将我们这些干事派下乡，给专题，定提纲，交任务，开展调研，贯彻他的施政思想，推动地区教育工作有序开展。在他的努力下，地区教育工作很快恢复了基本教学秩序，为地区教育工作的深入发展做出了贡献。这些成绩现在看起来似乎近于平淡，但在当时那个派性横流、无政府主义泛滥的"浩劫"年代里，是

要冒着再次被打倒，甚至再次被关押的风险的。事实上也确实引起了当时"造反派"的疯狂反对，先是"造反派"向时任地委书记的樊树德施压，说这些"走资派"子女上大学是对"文化大革命"的反攻倒算，是"走资派"还在走，逼着樊树德表态不让这些领导干部子女上学，甚至声言要打人，要再次掀起武斗；继是"造反派"在领导干部中的总代表、时任地委副书记的伊加汗召开由邢宗凡与文教局部分干事参加的专题会议，伊加汗严厉指责邢宗凡的做法是"右倾翻案风"在哈密的典型表现，逼着邢宗凡认错，要求邢宗凡做出否定原来施政原则的决定。但邢宗凡在会上坚持自己确定的原则，目视着前方，不看任何人，语词铿锵地申述自己的意见，明确指出他的做法符合党的教育方针和毛主席的指示，否定他的意见就是资产阶级派性的表现，是对党的关于"复课"指示的否定。会议从头天晚上 8 点开始，一直开到次日凌晨 2 点，最后以各持己见、不欢而散告终。那天晚上我一直不能入睡，开会时双方激烈的辩驳，邢宗凡那语词铿锵、不畏强势的形象，以及伊加汗那近于呵斥的变形的嘴脸不停地交替显现在我的脑海，一个共产党员坚持真理的骨气与气节在邢宗凡的身上得到极为充分的体现，我完全相信，如果邢宗凡在中华人民共和国成立之前被国民党反动派逮捕，他在狱中与敌斗争一定会有江姐那样的勇气、智略与品格。我对邢宗凡更加崇拜了，我为有这样一个老乡、这样一个局长而感到骄傲与自豪。

不久，地区文教局调来四位副局长。显然，这是伊加汗那次会议的继续。一天，我见了邢宗凡，想安慰他几句，想不到邢宗凡却笑着对我说："毛主席的《水调歌头·游泳》你还记得吗？"我也笑着说："你是指'不管风吹浪打，胜似闲庭信步。'这句吧？"邢宗凡笑着说："你小子，还聪明着呢。"说完，就径自回了办公室。我望着他那雄健的步伐，品味他那豁达、乐观、直面矛盾的人生理念，我想，我们党有千千万万个像邢宗凡这样的党员为之奋斗、为之献身，还有什

么错误、挫折不能拨乱反正、勇往直前呢？

1976 年秋，邢宗凡调任地区科委主任。1980 年 7 月，65 岁的邢宗凡离休。1991 年 1 月 28 日，邢宗凡因病医治无效不幸逝世，享年 77 岁。邢宗凡已经离开我们 22 年了，但邢宗凡的音容笑貌却时常出现在我的眼前，特别是当工作遇到困难或挫折的时候，我就会想到邢宗凡那坚忍不拔的毅力、那不畏强势的大无畏精神、那勇往直前的恢宏气势与那豁达乐观的生活理念，我就会浑身是劲，迎难而上，就会越过一个又一个的坎……

邢宗凡，是我曾经的局长，一个将忠骨埋在东天山脚下的江苏人，更是我永远的回忆、思念与攻坚克难、永做奉献的榜样。

我的好友任万森

——沉痛悼念地区医院原党委书记任万森同志

2016年5月9日凌晨3时，地区医院原党委书记任万森同志突发疾病，经抢救无效，不幸逝世，享年81岁。噩耗传来，令人震惊，我惊待在那儿，好半天都缓不过神来。原以为患有癌症长达十年之久的任夫人离世，任万森从独力侍候夫人十年又九个月的极其沉重的辛劳中解脱了出来，可以过几年属于自己的轻松的夕阳生活，享受几年正常老人都有的天伦之乐的欢愉。但距任夫人离世仅有15天的他，却突发疾病悄然地离开了人世，令其亲属、子女、好友们都沉浸于欲绝之悲痛中。我与任君52年的相处，像电影的画面一样，一幕一幕地闪现于我的脑海，就像发生于昨天，那样清晰，那样令人回眸思念……

1964年，我应召进疆，被分配于哈密地区（三县一市，下同。）专员公署（简称专署，即今之地区行署）文教科（今之地区教育局与地区文广新局合称）工作。当时机关小，文教科仅有13人，负责哈密地区文化、教育与体育各项工作的管理。与卫生科隔壁，当时卫生科仅有3人，负责哈密地区医疗与防疫各项工作的管理，任万森是卫生科干事。我的办公室正好与任万森的办公室一墙之隔，我上班的第二天他就主动过来打招呼，他肤色白皙，脸形端庄，对人平实而厚诚，语言简洁，热情而适度，第一次接触就给我留下深刻的可做朋友的印象。也就是从这一天开始，我们之间拉开了52年相处为友的序幕。那时候机关上正在进行面上社教，每天晚上要进行超过两个小时的学习，要求每一个人交代自己的历史与工作中存在的不足、问题甚至错误，同事间互相发言，进行诘问、批评甚至批判。当时文教、卫生与专署办公室是一个学习小组，任万森的每次发言总是十分平和，特别是对起义人员，总是肯定他们响应陶峙岳、包尔汉和平起义的号召，是对新疆和平解放的贡献，是对中华人民共和国诞生的拥护，没有激烈的斗争性语言，没有无限上纲的冲动，平静而情深。每听他一次发言，我对他的认识就更深了一层。

1966年中央"五·一六"通知传达后，哈密进入"文化大革命"的特殊年代，随着批判吴晗、廖沫沙所谓"三家村"的深入，专署人事科的人将干部档案中关于历史问题的资料撰写成大字报，相继抛出来，将一个个老同志打成"牛鬼蛇神"，斗争后编入机关"劳改队"，进行所谓的"劳动改造"。我很迷茫，前一天还是党或政府的一级领导干部，后一天在一张大字报下就成了"牛鬼蛇神"，没有任何考核与审查，没有任何组织审批程序，捏死一个人的政治生命真的就像踏死一只蚂蚁那么简单、随意。我看他的办公室里没有别人，就悄悄地向他请教，他看着我的脸，好一会儿才慢吞吞地说："这是全国性的运动，你我都是一个普通的老百姓，能见到的文件又少，但我们对每一件事进行更多的独立的思考还是应该的。"接着他以玩笑的口吻说，"怎么做，还是你老弟自己拿主意吧！别人的观点永远代替不了自己的认识。"我似乎还在迷茫中离开他的办公室，在一楼大厅与走廊里浏览了一圈大字报，发现他一张跟风的大字报也没有，我突然明白了他的意思，也就是从那个时候开始，对于不了解的事，我从来都不写支持性的大字报。这

件事已经过去了几十年，但每次想起，在那个人人自危、矛盾丛生、人鬼颠倒的年代，任万森仍能那样含蓄地诚恳地告诫我，可见他对朋友的真诚，为人的正直，心地的纯正。

1967 年的 1 月，哈密掀起了夺权的风潮，专署上起专员、下到科局长被当时所谓"夺权指挥部"的头头们召集到会议室，宣布他们都是"走资本主义道路当权派"，勒令他们立即交权，当即从专员公署到各科的象征权力的公章全部被收缴，一个参加夺权的干事提包里一下子装了数十枚公章，成了专署的"最高掌权人"。我私下与任万森开玩笑说："你现在与权力中心同室，最少也应该是中心第二了吧？"任万森一脸的鄙夷，什么也没说。明显表现出他对将领导干部统称为"走资本主义道路当权派"进行夺权的行为持有不同的看法。现在回想起来，任万森在那个夺权的风潮中就能对夺权持有着不同的观点真是难能可贵啊！

1970 年 3 月，专署进入"清理阶级队伍（简称清队）"和"一打三反"运动中，在所谓"工人毛泽东思想宣传队（简称工宣队）"的鼓动下，专署进入刑讯逼供的严重时期，动手打人被视为阶级觉悟高的表现。但在整个运动中，我从未见过任万森在斗争会上对谁动过手，这在当时专署干部中是少有的几个人之一。他在任何情况下总是那么心平气和，那样不动声色，那样严格地不越党的政策的基本底线，令人对其心悦诚服。

1973 年，我们同时返回机关工作，并且同在一个文教卫生组，他被分在卫生上，我被分在教育上（不久，分别成立文教局、卫生局，我们分属两个局），"四人帮"被打倒后，我们又同时被抽调到地区"揭批查办公室"工作，但在 1980 年，我在多种因素作用下接受了哈密市市委副书记苟德明的建议，调任哈密市文教局副局长，主持工作（局长陈述荣提任副市长）。我在向其告别时，任万森深情地对我说："我们都是小人物，如何坚持自己认为是正确的观点，是一个艺术问

题，你老弟应该认真总结。你到哈密市，也还会遇到同样的问题啊！"任万森的诚心劝说与直言告诫，引起我的高度警觉。后来我在哈密市之所以能够圆满地处理好各方面的关系，在1986年有人在河沟电影院工程上捏造罪名对我进行栽赃陷害时，当时的市委、市政府领导与文化局、计委有关同事都能积极地诚实地反映事实真相，澄清是非，使我躲过了一场人为冤案的灾难，与任万森当时对我的直言告诫是有一定关系的。任万森为人诚厚，热心助人，是其突出的品质。地委党校原副校长李德风说，在20世纪60年代末，他当时结婚不久，过年前想做一些卤肉，没有陈年卤汤，任万森知道后就从老城家中端一碗卤汤，经花果山，绕道广场（当时武斗，广场南路不安全）北路，端到地委党校（当时党校在现在中共哈密市委院内）院内，当时也没有塑料袋，大冬天的，就这么端着。几十年过去了，耄耋之龄的李德风回忆起来，感激之情仍然溢于言表。近年，我撰写关于哈密今昔变化的文章时，任万森总是认真地回忆中华人民共和国成立前后哈密的各类情况，反复而详细地向我介绍；2014~2015年，我撰写《中华民俗大全新疆卷·汉族分卷》"汉族民居习俗"时，将他家老城旧居作为民宅介绍，他十分认真地回忆了旧居的布局、结构等各类情况。每一次文章写完，我对他的热情、认真、一丝不苟、助人不倦的精神总是由衷地感激。

任万森孝老爱亲的品德在朋友圈中是很受肯定的。记得在我进疆不久到他家拜年，他的母亲就是跟他们过的。一次聊天，说起这件事，任万森平静地说："老人愿意住到谁的房子，谁就应该尽心尽力地将老人侍候好，这是为人子女最起码的要求啊！何况我的母亲与我们住在一起，不是我们在侍候母亲，而是母亲在帮我们的忙啊，我们做子女的还有什么理由不敬重老人呢！"2005年，任万森的爱人邢华得了癌症，任万森要全力侍候病人，无奈，在地区医院隔路相对的159院内租了一户房子让其母亲住，初期请了保姆照料老人，其妹妹也从乌鲁木齐过来侍候，之后又请弟弟的亲家照看，但不管谁在侍候老人，他每天都要到其

母亲房子看一次。一次聊天，我奇怪地问：老妈妈已经有了专人侍候，这边邢华又离不开人，你怎么每天还要到你母亲那儿去呢？他认真而诚恳地说，"老母亲一直跟我们住在一起，每天都要看见他的儿子，哪怕就是见了 10 分钟，听你说道说道她儿媳妇的病况和她孙子、重孙子的简况，老人心里就能因此而宁静了。"我望着他那一脸诚厚的表情，一个孝子的形象在我的脑海里一下子丰满起来、高大起来。他的母亲于 2009 年 8 月 4 日仙逝，享年 100 岁。我在哈密 52 年，哈密地区人口从 23 万发展到 60 万人，我知道的百岁老人不足 10 人，任妈妈是其中之一。老人高寿的因素是多方面的，但任万森的尽心孝敬及其亲友的精心照看一定是其最直接最基本的原因。

一次聊天，我敬重地对任说："俗话说'久病床前无孝子'，邢华病了这么多年，你作为老公，却仍能这样不离不弃，精心照料，不能不说是十分难得的，真是我们学习的榜样啊！"任万森却不假思索地学着戏剧的口吻揶揄道："良心不能坏的！"紧接着十分诚恳地说，"人家能把青春献给你，你就不能把夕阳给人家吗？"短短 3 句话 26 个字，将任万森对邢华的爱和盘托了出来。邢华患了癌症，但却奇迹般地将生命延续了十年九个月，这个奇迹应该说主要是任君用对邢华的爱创造出来的。在邢华的遗体告别仪式上，任君沉痛地说："千言万语，万语千言，表达不尽我和全家人对邢华的崇敬、感谢和怀念，若用一句话概括表达，就是如果真有来生，我由衷地希望和邢华还能成为一家。"我今年已经是一位古稀有八的老人，参加类似追悼活动的次数真的难以说清，但在老伴的遗体告别仪式上这样讲话我还是第一次听到。足见任万森对邢华爱之深、爱之切、爱之始终。任万森对孩子的爱也是无微不至的。一次，我对任万森说："你的孩子安排情况比我的好，三个孩子两个在外地一个在身边，遇到事总有一个帮手。"但任万森却十分诚恳地对我说："孩子们都有自己的事业与小家，我们做老人的不能拖累他们啊！邢华是我爱人，侍候邢华是天经地义的事，绝不能将这个担子转嫁

给他们，拖累他们的前程。"我望着他那诚恳的样子，一个父亲的拳拳之心全部呈现在他那张白皙而瘦削的脸庞上。一次，已近中午，他却提着鲜菜匆匆向院外走去，我惊奇地问他："都中午了，你怎么还向外跑呢？"他听到我的问话，停下脚步，轻声说："大丫头帮助收拾房子，没去买菜，我多买了一点儿菜，在午饭前送过去。"说罢匆匆而去。我望着他那瘦弱的身躯和那匆匆的步伐，觉得爱的崇高和由爱激发出来的无穷力量，在任万森身上得到了最真切的体现与最完美的诠释。

任万森对工作兢兢业业，勤勤恳恳，执行党的政策认认真真，一丝不苟，从不走样，在机关中是尽人皆知的。记得还在"揭批查"期间，一次揭批查办公室对地委原副书记卡德尔问题进行研究，认为卡德尔的历史问题过去已有结论，应该"解放"，安排工作。第二天，一位揭批查办公室的领导反悔自己的意见，坚持不同意卡德尔"解放"，但任万森等几位干事却明确坚持已经形成的集体决议不能随意变更，后来还是按照集体的决议上报了地委，卡德尔得到即时的"解放"，并安置了工作。1982年任万森担任地区医院党委副书记，两年后提任党委书记。我有一次遇见他，半开玩笑半祝贺地说："你现在是党委书记了，大权在握，说不定我要请你帮忙呢！"任万森很认真地说："医院是实行院长负责制，党委是行政工作的保障，可不比你们教育上，学校是党委负责制。"后来多位友人对我说，任君在任医院党委书记期间，给自己的位置摆得恰到好处，与医院行政领导关系协调而融洽。时任院长的李世琦，在任万森遗体告别仪式举行前，与我一起在休息室，李世琦两次为任的突然离世而伤心落泪。我看着李世琦伤心的泪眼，心想，这大概就是任万森、李世琦搭班子在地区医院十多年的工作期间，互相尊重、互相支持、相互协调中建立起来的深厚情谊的表现吧！

俗话说"当权多好话，离职吐实情"，我与地区医院退休朋友聊天中经常提到任万森的工作与为人，多少年来我从未听到过负面议论，能做到退休了仍然无人非议，说明任万森为人与工作都做到了极致，这在

当今往往以个人利益为思考问题基点的市场经济时代，真是难能可贵啊！确如地区中心医院院长万照林在任万森遗体告别仪式上讲的那样，"任万森同志，一生对工作勤勤恳恳、兢兢业业、任劳任怨、默默奉献；对同事，他为人正直，真诚豪爽，公平公正；对自己，他严格要求，严以律己，认真刻苦，不断进取；在社会上，他是一位忠诚可交的好朋友，诚挚待人，和蔼可敬，不卑不亢，重情重义，在自己力所能及的基础上，竭尽全力解决朋友和其他人的困难；他服从组织决定，讲政治，讲大局，讲团结，组织上要他到哪儿工作，从来不计条件、不计得失，始终坚持以共产党员的标准严格要求自己，以身作则，对上级交办的各项工作任务不折不扣地完成，处处表现出一个老党员、老领导、好党员的精神风貌。"

万森君的突然逝世，亲友们悲痛欲绝，沉痛悼念，我谨以此文表达我对好友的悼念，并以一首藏头诗，作为我这篇悼念短文的结语：

> 任君为友五旬余，
> 万事相融如弟兄。
> 森大胸怀容瀚海，
> 君心坦荡爱香浓。
> 一生勤勉创光彩，
> 路漫方知奔马功。
> 走进天堂众欲绝，
> 好朋泪雨顿成洪。

万森君，安息吧！我们永远怀念您！

（作于 2016 年 5 月 11 日）

全副身心献村医　杏林春满拱拜湾

——记全国道德模范刘玉莲

　　2007年9月18日在全国道德模范颁奖大会上，哈密市二堡镇拱拜湾村（亦称二堡村）乡村医生刘玉莲走上了领奖台……二堡镇沸腾了，拱拜湾村沸腾了，人们从四面八方涌向拱拜湾医务所前的广场，维吾尔族、汉族、回族……打起了手鼓，跳起了欢快的麦昔来甫，庆贺他们心爱的"丫头医生"在乡村医生事业中的执着和赤诚、坚强信念和对病人生命的热望，终于开出了值得新疆乃至全国人民瞩目的艳丽的花朵。

赤脚医生启人生　苦练医术为人民

　　1966年初，在甘肃通州读完初中的刘玉莲，随着父亲迁居新疆哈密县（今哈密市）二堡公社一大队二小队。年仅17岁的刘玉莲，初入社会，第一次参加人民公社（今称乡或镇）农业生产劳动，第一次见到维吾尔族……新奇感充满生活的方方面面，她天真活泼，有文化爱劳动，脾气好，人也俊秀，很快就得到同队社员（今称村民，下同）的认可和喜爱。此时，全国正在贯彻落实毛主席"把医疗卫生工作的重

点放到农村去"的指示，"赤脚医生"成为医疗卫生系统的新生事物在广大农村方兴未艾，一大队（今称二堡村，村委会设在拱拜湾）距公社医院好几千米，社员有了病，治疗很不方便，生产队长玉努斯·铁木尔一直为这件事发愁，新落户的刘玉莲年轻热情，有文化好学习，他觉得是一棵培养赤脚医生的好苗子，经过队委会认真研究，决定委派刘玉莲到公社卫生院参加为期半个月的赤脚医生脱产培训班。

参加赤脚医生培训班，当赤脚医生，花季青年刘玉莲觉得无限兴奋与光荣，认为这是她进入社会人生的一个起点，是落实毛主席"把医疗卫生工作的重点放到农村去"的具体行动。于是，她怀着无限虔诚的心情，抱着努力学好医疗知识，争当一名优秀赤脚医生的决心走进了公社赤脚医生培训班，从此拉开了刘玉莲赤脚医生生涯的序幕。

当时所谓赤脚医生培训班，就是县医院的大夫讲解一些常规医疗知识，主要教材就是《赤脚医生手册》和《新针疗法》两本书，参加学习的都是与刘玉莲一样的知识青年，学习方法主要是实践，学员们按照书上标明的人体穴位图，在自己的头上、手上、腿上找穴位，练习扎针，体验针感。结业后仍然回到生产队，收入与普通社员一样，实行工分制，其劳动工分由生产大队所属的四个生产队分摊承担。初生牛犊不怕虎，刘玉莲从培训班回来不久的一天劳动收工后，正忙着做晚饭呢，本队社员帕旦木汗大妈步履蹒跚地进了门，非常吃力地喊着："头疼得很！头疼得很！"刘玉莲凑近一看，病人脸色苍白，用体温计一量，40.4 度！她心里咯噔一下，体温这么高？是不是看错了？重新量一下，还是 40.4 度！刘玉莲不由自主地紧张起来，赶紧从医疗箱里找出氨基比林注射液给帕旦木汗大妈注射上，并用湿毛巾给她敷头。病人仍然十分痛苦，刘玉莲急得满头大汗，在一边的妈妈担心再不退烧会出危险，建议把病人送到公社卫生院，可病人不同意，说没钱，执意不去，加上到公社卫生院还有好几千米路呢。刘玉莲只好硬着头皮查书，看到阿司匹林片可以退热、发汗，赶忙倒上温开水给病人喂上。病人服药后，呻

吟声渐渐小了，呼吸也匀称了很多，刘玉莲再量体温，也趋于正常，刘玉莲这才放下心，搀扶着帕旦木汗大妈将其送回家。

初战告捷，刘玉莲兴奋不已，在当天的日记中写道："第一次给病人解除了痛苦，多么令人兴奋而又充满欢乐啊！我将全身心地投入到医疗工作中，无论将来遇到多么大的艰难险阻，无论将来有多少委屈与困难，我都要把医疗工作干好。"从此，刘玉莲干劲十足，白天背着药箱走家串户，随时帮助社员治疗头痛脑热等常见病，晚上就在煤油灯下针对白天遇到的问题，查阅有关医学书籍，在自己身上寻找穴位，扎针体验。在医疗实践中，刘玉莲深深体会到，要想为社员解除病痛，没有深厚的医学知识是不行的。所以刘玉莲经常到公社医院向老大夫请教，跟随老大夫查房，记忆老大夫对疾病的观察、诊断与治疗，她多么渴望着能有再次脱产学习的机会啊。功夫不负有心人，1971年6月15日，刘玉莲有幸参加了空军八航校军人医院为期三个月的封闭培训，跟随著名军医于医生、尤医生学习，这对于已经从事赤脚医生五年多的刘玉莲来说，实在是个难得的机会，尤其是对自己较醉心的针灸技术，一经名师点拨，自然就会有点像模像样了。

刘玉莲从学习班回村后，遇到病人玉素甫·买买提求医。玉素甫·买买提患支气管哮喘多年，经哈密地方、铁路、兵团几家医院治疗，均不见好转，刘玉莲面对这样的老病号，采用当时部队军医总结出来并向全国推广的新针疗法，加上结合药物综合治疗，效果竟然出奇的好，更加增强了刘玉莲的信心，刘玉莲决定不分白天还是黑夜，只要玉素甫·买买提疾病一发作，刘玉莲就在第一时间赶去治疗，持续坚持了两个多月，不仅将玉素甫·买买提的支气管哮喘基本治愈，而且连他脖子上的大疙瘩也治没了。玉素甫·买买提多年的支气管哮喘和大脖子竟然被刘玉莲这个小丫头治好了，高兴得不得了，逢人就夸赞刘玉莲，按照西北汉族人的习俗，亲热地称呼刘玉莲为"丫头""丫头医生"。谁知久之成俗，"丫头""丫头医生"从那个时候起，就成了对刘玉莲亲热的称

呼。现在刘玉莲已经年近古稀了，在二堡村，在二堡镇，人们只要说到"丫头"或"丫头医生"，不分男女老少，不分维吾尔族还是汉族，都知道称呼的是刘玉莲。

刘玉莲不断实践，不断总结，勤奋学习，一心要用自己学得的医疗卫生知识为老百姓除病去痛，像毛主席教导的那样，全心全意为人民服务。

刘玉莲从此开启了赤脚医生数十年的辛苦生涯。

心系百姓舍小家 "丫头医生"人人夸

刘玉莲从担任赤脚医生的第一天开始，就全身心地投入到医疗卫生工作中，在为群众解除病痛服务中费尽了心血，吃尽了辛苦，舍小家顾大家，无怨无悔。例如 1970 年 2 月 10 日，刘玉莲正在拆洗被褥准备过年，大队书记提义甫的妻子依巴来汗告急："丫头，老头子病得很重，你快去看看。"刘玉莲立即带上药箱赶到他家，一量体温 39 度，血压 150/80，决定送他到公社卫生院治疗，可提义甫固执地说："我不去，我相信你，你给我治疗吧。"刘玉莲无奈，只好给他对症治疗，又是针灸，又是打针，又是服药，终于控制住了病情。谁知回家的路上，遭到歹徒抢劫，情急之下，刘玉莲抓起一把土撒向歹徒脸上，快速地边跑边喊着丈夫的名字："吴正义，快来！这里有贼！"歹徒吓跑了，可她也瘫软在路上。再如 1980 年 12 月 26 日凌晨 4 点多钟，村民艾曼提·霍保尔急促的敲门声把刘玉莲从睡梦中惊醒，听到艾曼提·霍保尔妈妈哮喘病复发的消息时，立即背上药箱，跟着艾曼提·霍保尔一路小跑赶到他家，先给古娃尔汗老妈妈注射一针止喘液，又在病人天突穴和定喘穴上进行针灸。当病人恢复正常呼吸时，天已大亮。艾曼提·霍保尔一定要刘玉莲骑着他的自行车回家。一夜疲惫的刘玉莲在土路上拐弯时，被一辆从后面开过来的汽车撞趴在路沟里，裤腿被蹭破，膝盖上的鲜血渗透了棉裤，回家将创口稍一处理就到了上班时间，她又坚持着到卫生所

上班去了。又如 1986 年 4 月 11 日晚上 12 点多，刘玉莲刚刚睡下，传来一阵急促的敲门声，本村四组村民毛沙·尼亚孜上气不接下气地说："丫头，快！玛丽亚木快生了！"刘玉莲赶紧收拾好接生器具，拿上手电筒，奔向 3 千米外的毛沙·尼亚孜家，为了争取时间，她俩抄近道走坡上的高粱茬地，腿脚被刺得很疼，但刘玉莲顾不得这些，到达后立即对玛丽亚木进行检查，认为玛丽亚木严重贫血，且离生产还有些时间，所以劝他们到乡卫生院生产，但毛沙·尼亚孜为难地说："实在住不起医院，就在家里生吧，反正上面那个孩子也是你到家里接生的。"刘玉莲考虑毛沙·尼亚孜说的也是实情，就开始做接生准备，孕妇血压 70/50，身体非常虚弱，刘玉莲按照新法接生的 3 个规范程序操了 5 个多小时，一个男婴终于分娩出来，但她担心的事还是发生了。孕妇因为严重贫血，生下孩子后昏迷不醒。刘玉莲赶紧进行急救，等孕妇苏醒后，又为产妇煮了一大碗荷包蛋，放上红糖，等产妇吃下后，量体温为 36 度，血压为 80/50，这才长长地松了一口气。此时已是第二天清晨 6 点 30 分了，孕妇拉着她的手不放，哽咽着说："我的这条命是你救过来的，丫头，你真是我的'夏帕艾且'（救命神）"。镇计划生育办公室主任尼亚孜汗·铁木尔回忆说："由丫头亲手接生的孩子，少说也有三四百个，成功率为 100%！由丫头接诊、治疗的病人 30 多万人次，无一差错。"另如 2006 年 7 月 18 日半夜三点多，刘玉莲被三组村民亚合甫·亚亚的敲门声惊醒，听说他老婆要生小孩，刘玉莲立即到卫生所拿上药箱到亚合甫·亚亚家，对孕妇进行检查，发现是难产，急忙建议说："快！我送你老婆到镇卫生院生产，在家里生太危险。"可是亚合甫·亚亚不愿意到镇卫生院，说钱不够。刘玉莲告诉他不用担心，钱不够她给签字担保，亚合甫·亚亚这才开上农用三轮车把孕妇送往镇上。进入镇卫生院妇产科后，刘玉莲协助接生员将这个只有 1700 克重的早产小巴郎接生出来。天亮后，刘玉莲坐在亚合甫·亚亚的农用车后厢上回家，到了渠边拐弯处，被一个柳树梢打在眼睛上，顿时眼前一片黑，

眼泪直流，到家后，两只眼睛还睁不开，只在床上躺了一个多小时，就挣扎着上班，打起精神为昨天约定的病人针灸。村民哈里克·玉素甫老人患了老年性肺结核，刘玉莲确诊后，急忙到哈密市为老人领来国家免费的治疗药物，每天早早起床，来到哈里克·玉素甫家，料理老人服药，一直坚持了九个月，风雨无阻，直到老人痊愈。村民艾山江说："2001年挖坎儿井时摔到6米深的井里，造成左腿三处骨折，三道岭医院做了手术，花了7000多块钱，没钱了，医院里住不成了，回到家，'丫头'白天处理医院里的工作，早上上班前到我们家给我把吊针打上。晚上针打完后就帮我扎干针、按摩，三个月后我能站起来了。花了1700多块钱，'丫头医生'帮我垫上了。"阿河逊·索巴向作者介绍："1986年一天晚上。我妻子难产，'丫头'陪着我们到哈密市医院，值班医生说没有床位，可孕妇已经临产了，丫头急了，给大夫下跪说'我求求你，快点给接生，否则这个产妇就会发生医疗事故的。'这件事我一辈子都忘不掉！一个汉族医生，为了一个维吾尔族的产妇，竟然给医生下跪，我怎么能忘掉这个恩德呢！我太感谢她了。"类似的事例，在二堡镇、在拱拜弯俯拾皆是，随手可撷。

刘玉莲一心扑在病人身上，扑在二堡村的医疗卫生各项工作上，顾了大家，但却照顾不了自己的小家。先说刘玉莲的孩子吧，1969年12月16日，怀孕8个月的刘玉莲，早晨起来感到肚子疼得厉害，坚持着到医务所上班，接二连三地赶来十几个病人，刘玉莲顾不得重孕在身，全身心地投入到病人治疗中，等将病人一一治疗后，已是下午4点多，晚上9点多临产，丈夫请来公社卫生院的接生员，10点多生下一个早产女婴，全身青紫，极度衰弱，不到半个小时就咽气了。产后不到10天，听说卫生所门口经常有病人在等待候诊，刘玉莲就拖着虚弱的身子慢慢地走向卫生所……1977年，刘玉莲又生了一个女儿，因为医务所的工作太忙，丈夫吴正义不仅要侍弄庄稼、饲养牲畜，还要打工挣钱，补贴因为刘玉莲的捐赠而给家庭支出造成的严重不足。刘玉莲无可奈

何，每次上班，就用宽布带将女儿固定在炕桌上，既可防止女儿爬动掉下炕来摔伤，又可方便她在上班时随时从医务所回来喂奶，在孩子11个月的一天，有点腹泻，她将孩子喂完药后固定好又去上班了，谁知这一天病人特别多，刘玉莲全神贯注地投入到病人的治疗中，等到病人治疗的空间，想起病着的女儿时已经到了下午3点多钟，等她疯了似的奔到家中，孩子已因失水过多而不幸夭折。刘玉莲的心在滴血，对生孩子的事绝望了。几十年过去了，笔者与刘玉莲谈及此事时，刘玉莲仍然愧疚得满眼泪水，深深自责地说："我不是一个好母亲！"老天爷总是眷顾那些诚心为民的人，就在刘玉莲抱养的女儿吴晓英三岁的时候，刘玉莲迎来了儿子吴晓成，在刘玉莲那自责滴泪的心灵里方才得到一丝丝的安慰。

对于父母，刘玉莲这个长女也难尽其职责。1986年10月的一天，刘玉莲的小妹找到卫生所，说妈妈胃疼得厉害，吐得控制不住，但刘玉莲还是坚持将在场的几个病人处理后才赶到妈妈身边，打针、服药、针灸，折腾了一个下午也不见好转，刘玉莲感到母亲病情严重，与小妹商定第二天将妈妈送到哈密市区大医院检查。可到了晚上，刘玉莲突然想起第二天是给儿童接种疫苗的日子。于是，她一大早就赶到卫生所，做好接种准备工作，想争取一个上午将接种工作做完，谁知四个组儿童来得不齐，又有几个成年人来看急性病，一直忙到下午7点还走不开，小妹赶到卫生所，哽咽着对她说："预防接种缓几天也没事的，但妈妈病重啊，你应该分清轻重缓急。爸爸就是因为没有得到及时治疗而离开了我们，妈妈的病再不能耽误了！"刘玉莲听到小妹的诉说，眼泪夺眶而出，可她还是坚持要将预防接种疫苗工作做完，劝小妹先带妈妈去哈密检查，等她5天后将接种疫苗全部注射完，赶到红星医院，发现妈妈的病是胃癌晚期，不久就去世了，刘玉莲为妈妈病重而未能陪伴身边尽孝而深深自责。十几年过去了，刘玉莲仍然不能释怀。

刘玉莲就是这样，在家庭利益与她的工作职责、与村队大家的利益

发生矛盾的时候，她总是选择后者，总是以医疗卫生工作职责为重，以村队大家的利益为重。也正因为如此，在拱拜湾，在二堡镇，不分男女老少，不分维吾尔族还是汉族，人们都亲切地把刘玉莲叫"丫头""丫头医生""救命丫头"，记者做了一次"随机抽查"：在村小学指着刘玉莲，问正在跳皮筋的几名小学生："她是谁?"几个孩子不约而同地抢着回答："丫头!""丫头!"。在岔路口，记者拦住一位赶毛驴车的白胡子老汉，问他知不知道"丫头"是谁，老汉自豪地回答："就是村里那个穿白大褂经常给我们治病的汉族人。"

几十年来，刘玉莲心甘情愿为父老乡亲当"丫头"，不管白天黑夜，也不管大人孩子，只要一声"'丫头'，'洋缸子'要生孩子了!"或是"'丫头'，爷爷喘不过气来了。"……刘玉莲总是毫不犹豫地上门出诊，并且从来不收出诊费和治疗费。治好病后，病人或家人的一声"热合买提"（谢谢），就足以令刘玉莲感动了。在她看来，信任远比给个"红包"让她开心，因为她始终没有忘记1966年当赤脚医生、1986年入党时的誓言，为拱拜湾这块养育她的土地、为拱拜湾的人民奉献一切，是她最大的心愿。

刘玉莲初心不改，在拱拜湾抒写了"丫头""丫头医生""救命丫头"无数个救死扶伤令人赞叹的动人故事。

荣誉满满仍低调　初心不改献终身

拱拜湾，是哈密市二堡镇二堡村所在地，也是一个维吾尔族群众聚居村，在全村330户、1092口人中，汉族仅有5户26口人。由于处在丘陵地带，农田高低不平，南北两端海拔相差二三百米，加上水资源严重匮乏，全村人均有效耕地面积不足两亩，收成最高年份2006年，农民人均纯收入只有2700元，在全镇九个村中排名倒数第一。就是这样一个村，40年来医疗卫生工作却做得出奇的好，不管是在二十世纪六七十年代的除害灭病、初级合作医疗、"两管五改"、甲亢病肺结核病

普查普治、天花病歼灭战，八九十年代的计划免疫、传染病防治、妇幼保健、计生指导，还是21世纪初向国际承诺人人享有初级卫生保健，特别是近几年的新型合作医疗、抗击"非典"和高致病性禽流感防控，都走在全镇（乡、公社）的前列，实现了"小病不出村，大病才上医院"的基本医疗目标，其根本原因就是这个村里有位被村民称为"丫头"的乡村医生（元老级赤脚医生）刘玉莲。

正因为刘玉莲在二堡镇的医疗卫生工作中取得了超乎寻常的丰硕成果和在为民服务中创造了许多感人肺腑的动人故事，所以各种荣誉的花环也自然地向刘玉莲涌来，继1986年7月加入中国共产党后，"学雷锋标兵""五好赤脚医生""民族团结先进个人""优秀共产党员""防疫妇幼保健先进工作者""中国民间优秀名医""结核病防治先进个人""模范乡村医生""十佳卫生工作者"等地市级荣誉好几十种，2005年荣获自治区劳动模范称号；2007年被评为全国敬业奉献道德模范，受到原国家领导人胡锦涛总书记等中央领导的亲切接见；2008年被评为全国卫生系统先进工作者、全国"三八红旗手"，同年参加北京奥运会开幕式；2009年被评为全国民族团结进步模范个人，同年参加国庆六十周年观礼；2011年应邀参加中央电视台春节联欢晚会活动……

刘玉莲面对哈密人乃至整个新疆个人荣誉的巅峰，却异常平静，2011年已经62岁的她，坚持不退休，像平常一样坚持在医务所上班，记者与刘玉莲谈到这个问题时，刘玉莲十分诚恳地说："我只是做了一个医生应该做的最基本的工作，党和政府却给了我这么多这么高的荣誉，我能有什么理由不去认真地倾注身心地工作呢！我只有以荣誉为动力，更加努力地做好我的工作，服务好拱拜湾的老百姓，才能符合做人的常情呀！"在鄯善石油上工作的刘玉莲的儿子吴晓成说："母亲就像一座永不停摆的钟表，她的心思和时间全用在了病人身上。4年前我的妻子周金萍做了剖宫产手术，想要当医生的婆婆来陪上十天半个月，在家里换药方便，电话打过去，答复是病人多，离开他们不放心。过来看

了一下、放下一些营养品就匆匆赶回拱拜湾了。孙子长到 4 岁多了，与奶奶在一起的时间还不足 10 天！"低调处世是刘玉莲一贯的品德，2007 年评为全国道德模范后，被任命为二堡镇卫生院副院长，但她在医院职工大会上总是坐在台下，与普通医务人员坐在一起，认为坐在台上"高人一等不自在"，工作上坚持留在拱拜湾医务所，像往常一样坚持上班，24 小时随叫随到。刘玉莲质朴笃厚、谦虚谨慎、单纯热情、诚信贤良，有一颗金子般的纯洁心灵。她对荣誉总认为应该归功于党和人民、特别是拱拜湾村的几代父老乡亲。认为没有他们的信任、关心、支持和培养，就没有她的现在。她要报答他们。她几次去北京，总有本村乡亲打电话问她："什么时候回来？家中有病人了。"她每次听到这话，就心中一热，恨不得立即变成一只小鸟飞回拱拜湾。所以她下了决心，只要身体还能坚持就不考虑退休问题，要用更加负责的精神和热情干下去，将其一生献给拱拜湾的父老乡亲，献给二堡的医疗卫生事业。

刘玉莲是一位生活在我们身边的乡村医生，却在数十年如一日地践行着"生命不息，奋斗不止"的高贵品质，在中国特色社会主义新时代为人们树立了一个一心为民的光辉形象。

工资虽低尤捐赠　悬壶乐施品自高

1966 年刘玉莲通过公社赤脚医生培训班结业成为赤脚医生时，当时是实行工分制，她的工分是由一大队四个小队平均分摊的，工分总额是一大队劳力的平均数，1984 年撤销人民公社建制，实行乡（镇）村建制，乡村对刘玉莲实行工资制，初定月工资为 60 元，名称也由赤脚医生改称乡村医生。到 2017 年刘玉莲被评为全国道德模范时，月工资为 350 元，因是全国道德模范，市政府决定将其吸收为干部（同时为哈密市政协常委），可她除在 1999 年通过乡村医生资格考试获得行医证外，别无其他职称资质，行政部门只能将其月工资调到 1650 元。她的工资这么低，但她为贫困病人捐赠医药费的数额却大得令人难以置信。

据二堡镇党委 2016 年 4 月 19 日统计，刘玉莲 40 年共接待治疗病人 30 万余人次，累计为贫困病人捐付医药费高达 3.5 万元，还为村里贫困学生捐助学习用品价值 6000 多元。2007 年后，刘玉莲的工资都在卡上，一遇到有捐款的机会，她就从卡中取来慷慨解囊：2008 年初，她领到了平生第一份国家发的工资，就把 1500 元捐给了南方遭遇冻灾、雪灾的灾区；汶川"5·12"大地震发生后，她又捐出近一个月工资 1500 元。同年夏秋，她给村里抚养一儿一女的单亲维吾尔族母亲每次两三百元地捐款，一共捐了 2000 元。2009 年她出差到哈密，主动给地区慈善总会捐了 800 元；这一年中，她还给村里一维吾尔族贫困户送去一台电视机与 1000 元钱；同年 10 月，村委会的锅炉安装好了，可是买煤的资金紧缺，刘玉莲当即拿出 3000 元；2009 年底，她又给镇里 15 家无冬煤烧的困难户每家捐 300 元（有的 400 元）买煤，加上运费一共捐了 5000 元。2010 年初，二堡镇蔬菜大棚遭遇风灾、冻灾，她给四户（两家维吾尔族两家汉族）灾民每家捐了 1000 元，共计 4000 元；同年 4 月青海玉树发生了 7.1 级地震，她捐了 2000 元；8 月、9 月甘肃、青海先后发生泥石流，她又捐了 800 元；同年 12 月 29 日，她给村里一户维吾尔族贫困户买了 4 吨煤，共计 1200 元。在 2008~2010 年的三年间，她大概领了 57000 多元工资，而她捐赠竟然高达 5 万元左右。也就是说，没有捐出去的部分加上阳光津贴，勉强够她吃饭和零用。她丈夫吴正义真的"很正义"，有时上午拿回一笔卖羊的钱，下午就同意妻子拿去捐了。吴正义有时戏谑地对刘玉莲说："别看你有固定工资，捐赠后还得靠我养活你呢。"

刘玉莲处处事事总是想到国家、想到他人，坚持将困难留给自己。2005 年刘玉莲被评为自治区劳动模范，政府领导看到她家的土平房年久失修，决定拨出专款，翻修她家的平房。刘玉莲接到通知后坚决谢绝。施工人员拉上建筑设备上门"强行"施工，谁知刘玉莲将其挡在大门外，十分诚恳地告诉大家："我是农民，跟大家一样，靠双手可以

养活自己。如果政府对我特殊照顾，给啥我就要啥，我成了什么人了?"后来，村里建设抗震安居房，所有村民都一样，国家补贴一部分，自己掏一部分，刘玉莲家才重建了新房。2008 年，中央文明办拨出专款，资助生活贫困的道德模范，刘玉莲获得资助资金 15 万元，地市财政又增拨一部分资金，计划为刘玉莲在哈密城区购买一套楼房，让她退休后回到城区安度晚年。但刘玉莲坚决谢绝，说她已享受了政府抗震安居房的补助，在农村有房子住，怎么还能在城里让公家买房子呢?多年来，凡是上级有关部门给刘玉莲的奖金、物品等，她都表示拒绝，弄得具体工作人员十分头痛。

刘玉莲以身作则、一心为公、先公后私是出了名的。2001 年，刘玉莲卫生所被盗，药品和医疗器材价值 2 万多元，镇卫生院提出村委会与主持医生按照"二八开"的比例赔偿，刘玉莲应该赔款 1.6 万元。尽管这件事与刘玉莲毫无责任，一个医务所，医生、护士都是刘玉莲一个人，她不可能白天上班，晚上再来值班。但刘玉莲考虑这是公家的事，医务所不开门，又会影响农牧民看病，所以刘玉莲不假思索地立即表态同意，与丈夫吴正义协商，将刚刚购买的运输中巴车转卖，归还赔款，保证卫生所能按时购买药物与器械。哈密市卫生局局长帅志红告诉作者："2007 年 9 月中旬，我去接刘玉莲参加全国道德模范表彰大会，拱拜湾的老队长拉着我的手，恳切地说：帅局长，'丫头医生'走了以后，能不能仍然委派一位与'丫头医生'一样爱我们、一样医疗水平的医生过来为我们服务呢!"帅局长接着说，"由此可见，刘玉莲在拱拜湾民众心目中享有多么崇高的威望啊。"

医生，本身就是一个悬壶济世的职业，刘玉莲一心扑在病人身上，一心扑在拱拜湾的医疗卫生事业上，像鲁迅先生说的那样："将血一滴一滴地滴过去，以饲别人，虽自觉渐渐消瘦，也以为快活。"刘玉莲使医疗卫生事业与乡村医生这个职业具有了更加艳丽的光彩。刘玉莲一贯乐善好施，勇于助人，创造了许多美丽动人触动心弦的故事，进而走上

了全国道德模范领奖台、全国卫生系统先进工作者领奖台、全国三八红旗手领奖台……郑板桥的诗《竹石》"咬定青山不放松，立根原在破岩中；千磨万击还坚韧，任尔东西南北风。"似乎歌颂的就是全国道德模范、乡村医生刘玉莲这类英雄模范。

刘玉莲将一生献给拱拜湾人民和拱拜湾的医疗卫生事业的可亲、可敬、可信、可学的感人故事仍然还在衍生发展中，这是一个永远画不上句号的杏林春满的光彩缤纷的故事！

三代悬壶济民苦　点赞声浪罩瓜都

——王氏家族三代中医接骨为民造福纪实

　　你知道"哈密永康骨科医院"吗？你认识王永全这位年已七旬的骨科医生吗？当你踏上哈密广东路西行，在河坝西沿的南侧楼房的一楼，就可看到横书的"哈密永康骨科医院"匾额，在进门的一侧闪烁着"24小时咨询"的霓虹灯箱。当你走进门诊部，就会看到许多人排队，等待就诊。在当前哈密市区，地、市、兵团各级医院医疗设备十分健全而又先进的情况下，一个民营医院怎么能有这么多就诊病人呢？笔者以"看个究竟"的心理，走进这家医院，走进这家医院的医生、治疗痊愈的病人和现在正在就诊的病人……

一代悬壶创基业　济民传艺入史册

　　原来王永全是哈密王氏第二代骨科祖传医生，他的父亲名叫王云田，出版于1989年12月、相继荣获新疆维吾尔自治区哲学社会科学第二届优秀成果著作一等奖、全国新编地方志优秀成果一等奖的《哈密县志》载："王云田，汉族，男，山东省莱阳县人。光绪二十八年（公

元 1902 年）生。1969 年病故于哈密。王云田'民国'十一年（公元 1922 年）前在山东莱阳随父亲学习中医。'民国'十二年（公元 1923 年），为逃避抓兵到东北，后因采人参流入苏联。'民国'十八年（公元 1929 年）前后，被遣送回新疆，到哈密城郊落户，以种菜为生，兼行中医。王云田主要以接骨和针灸闻名，对骨折病人除手捏复位固定外，还辅以活血化瘀中药。根据骨折程度，药剂或以活血化瘀止痛为主，或以补气活血舒筋续骨为主，或以补肝、滋肾、健脾为主。对粉碎性骨折，除分期施治外，外加贴膏药。"

　　王永全回忆说，他父亲在世时，经常对他讲述在原籍老家跟着祖父学习医疗与他辗转从苏联来到哈密的情况。他清晰地记得他父亲说：他家原籍在山东莱阳县东王屋庄，祖父是当地闻名的中医大夫，擅长骨科与针灸，内科、妇科、儿科治疗技术也很被当地群众称道。民国初期军阀混战，父辈兄弟三人，为躲避抓壮丁，兄弟三人同闯关东。他父亲到东北后，曾拜当地一位中医为师傅，两人合伙创办中医门诊，他父亲在门诊部接治骨科与针灸病人，同时跟师傅学习内科、妇科与儿科医疗，巩固与提高跟他父亲所学的医疗知识。人参是小兴安岭的特产，一次与邻居一起采人参，误入苏联境内。20 世纪 20 年代，苏联十月革命胜利不久，日本人对中国东北渗透十分严重，苏联对中国东北边疆十分警惕。新疆当时由杨增新主政，对苏联人实行友好贸易政策，新疆中苏边境贸易往来十分活跃。所以对由黑龙江边疆进入苏联境内的中国人，苏联人一般都是向西押解到新疆边疆的苏联一方，进行审查，对非政治目的的入境人员由新疆遣送回国。王永全的父亲王云田进入苏联后，在押解西进过程中，一个同行者小腿骨骨折，王云田帮其捏骨复位，夹板固定后，让其服用祖传药物，恢复很快，不料此事被苏联随行医生发现，将王云田扣押，没收王云田的针具与药物，逼其交出秘方，王声明药是在国内带来的，不知道秘方，苏联人不让其喝水与吃饭，逼其就范。此事引起同行中国人的公愤，集体进行抗议。到第五天时，王云田已经处

于昏迷状态，中国人抗议更加强烈，苏联人害怕闹出人命，才给王云田喂食牛奶与面包，又经过三天，王云田才逐渐恢复了体力。王云田等人经过苏联人的严密审查，确认王云田等人属于非政治目的误入境内的普通中国民众，决定由伊犁辖区内的口岸遣送入境。入境前再次进行严密搜查，没收所有金银钱财。因为害怕有的人在苏联打工，将赚的钱换成金子，入境前将金子吞在肚子里，逃避检查而带入国内，入境前三天在口岸上的大便也全部被搜查。王云田采得五棵人参，只得埋在口岸附近的雪地里而只身回到了国内。

王云田被遣送回国后，本想东行返回山东老家，但到哈密后，一因身无盘缠，二因哈密向东数百千米的戈壁滩，使王云田望而生畏。于是决定在哈密暂时住下来，待挣得盘缠后再东行返回故里。当时落户在哈密城郊西菜园。真是"天无绝人之路"，就在王云田在老户人家借屋刚刚住下的时候，哈密大户刘家老人不慎摔跤，腿骨骨折，当时哈密还没有专门的医疗机构，听说从苏联回国的王云田是个接骨医生，这就找上门来，给王云田送来布匹与粮食（当时民间多以实物交易），这是王云田落户哈密的第一个病人，是他落户、做人、生存的敲门砖，所以他特别尽心，捏骨复位，夹板固定，辅以祖传中药，刘家老人很快痊愈，王云田接骨医技从此一举闻名于哈密城乡。

当时哈密城乡人口少，土地开发率低，但水源却十分丰富，王云田住下后，一面行医，一面在乡亲的帮助下，于住地附近开垦一块荒地，有病人就诊时就为病人治疗，无病人时就种植蔬菜。当时哈密蔬菜作为商品上市交易的很少，多数都是自产自销。王云田为病人治疗收取报酬总的原则是尽其自愿，手头宽裕的病人多给一些粮食与实物，他不拒绝；手头紧巴的病人少给一些也不计较；手头困难的病人，有时还得招待病人食宿。对当地老人伤风感冒需要针灸的，他总是送医上门，一杯酽茶就是报酬。加上他总是尽心尽力，诚心待人，治疗效果又好，所以很快就得到周围乡亲的肯定与赞扬。有人说他心肠好，是个菩萨医生；

有人说他医技高，是医圣，是华佗转世等。像刘家等受过医治恩惠的大户人家，过年过节总是给他送一些生活用品，王云田的生活很快就摆脱了刚落户时的困境，逐步走向稳定与温饱。

不久，在乡邻们的帮助下，在西河坝的上游东侧选择了一块荒滩，上沿经过平整，作为宅基，在乡亲们的帮助下修建了土木结构平房，下沿开垦，作为菜地，王云田在哈密总算立住了脚、扎住了根。又过了不久，在乡邻们的帮助下成了家，一位酒泉的女子走进了王云田的生活，生育了子女，东行返回故里的设想被完全放下了。

中华人民共和国成立后，王云田仍然一边种菜一边行医，也仍然是病人找上门来就帮病人治疗，病人走后就去种地。此时王云田已算是哈密的老户人家，邻里有个头痛脑热什么的，需要扎针施灸的，他总是尽心施治，一不收费，二不承谢。对于骨折病人，他仍然坚持他的收费原则：手头宽裕的，根据病情，明确医酬，多给不拒；手头紧巴的，医酬给多给少都治病。王云田的医术与医德同样受人尊崇。从哈密市第三小学党支部书记岗位上退休现年74岁的韩守信先生回忆说："1964年初秋，当时我在哈密县（今哈密市）新庄子学校任教，买煤面子打煤砖，卸煤面时我想将马卸套，让其休息，谁知我将辕向上一抬，马突然向前窜去，我被马车突然撞倒，马车轮子从我的左侧小腿上轧过，当即胫骨下三分之一处斜着裂开，立即被送到县医院，医生将小腿包括膝盖全部打上石膏，三天后，一因骨裂处奇痒难忍，二因膝盖与小腿固定成一个整体，行动十分艰难。无奈，我自己将石膏去掉，由同校教师李汉森（20世纪90年代从哈密市政协办公室主任岗位上退休）、王瑞珍（韩的爱人，20世纪90年代从哈密市第三托儿所所长岗位上退休）送到当时知名的骨科民医王云田家，王查看骨折情况后，将骨裂捏合，用薄板条固定，给我15包祖传药面，每天一包，嘱咐用温开水送服。服他的药后，一是感到有一种腥气味，二是骨折处有一种麻麻的感觉，后来又多次去买药，其间还让他检查一次，他又重新做了固定。他说伤筋动骨一

百天，嘱我初期不要用骨折腿走路。约有 60 天后我就可以自由走路了。初期骨折愈合处用手摸，感到有一条棱子，不久就消失了。此后我打乒乓球、篮球等剧烈体育活动均无影响，现在已经过去 52 年了，我这腿从无骨折后的任何后遗症病痛。当时一包药仅收 2 角钱，捏合、固定等治疗均不收费，我这么严重的骨折，总共不到 10 元钱就治疗痊愈了。"

王云田的同村近邻张有财回忆说："王云田的接骨医技是很受人们推崇和赞赏的。还在 20 世纪 50 年代时，我的弟弟张有家从树上摔下来，右手桡骨与尺骨同时折断，当即送到王家，王云田将骨折处捏合，夹板固定。所谓夹板固定，实际就是剪三条硬纸板，外用干净布带固定。先给一种药面，服后很快止痛，继服他的药面，生长骨质，几十年过去了，他的手臂一直很好，从未听说有后遗症病痛的事。因为是邻居，王云田并未收钱，只是老人给他送了一些礼物。还有一件事，也是发生在 20 世纪 50 年代，哈密二中组织学生打煤砖，学生吕开德（与我同村）刨城墙土作为煤面黏合剂，一块城墙突然坠落，将其右腿小腿骨齐齐砸断，送到王云田家后，王将骨折处慢慢捏合，夹板固定，先服止痛药，次服骨质生长药，两个多月痊愈，现在仍然十分健康。王云田治疗的最后一个病人是我的父亲。20 世纪 60 年代末，我父亲在城里看人下象棋，乘公交车回家，在三岔路口下车，当时沿途并无公交车站，我父亲下车时一脚踏空摔倒，将靠近膝盖处的大腿骨摔断，我得知后用架子车拉他，父亲嘱我直接送到王云田家，当时王云田已经病得卧床多日，摸了父亲腿骨后说'腿骨真的断了，但因我病的时间长了，原来焙的药全部用完了，现在材料也不全。'叫我先将父亲送回家，他先给 3 包药吃，将疼痛止住，叫我想办法找些麝香来让他配药。我按照他的嘱咐，将我父亲拉回家，费了好多周折，找到了一块麝香。王说这是一块好麝香，用其三分之二与他的药一起配成药膏，敷在骨折处，外用夹板固定；用三分之一麝香与他的药配成口服剂，嘱咐按时服用。两个月后，我父亲骨折的腿痊愈了，行走自如。王云田不仅医术高，医德好，而且

对人很谦和。记得一次三道岭矿区一位工人大腿骨骨折，王云田将其捏合，夹板固定，送来的人看到王云田不像医院那样用石膏固定，怀疑地问这样治疗行不行，儿子王永全抢着说：'没问题，保你痊愈。'王云田立即严肃地批评王永全：'医生看病，只能尽心，怎么能打保票呢？我接一辈子骨，从来不敢这样说话啊！'多少年来，经王云田治疗的病人也说不清有多少人，现在王云田病故已经40多年了，但从来没听说有因治疗效果不好而引起医疗纠纷的事，老人们一谈起王云田，都要为他精湛的医技和难得的医德而竖大拇指。"

王云田的医德与医疗技术虽然远近闻名，但因他住在郊区，加上他没有独立设立诊所，所以1954年哈密城区私人诊所成立"新中联合诊所"时，王云田却未被列入"联合"的对象，到1959年联合诊所并入哈密县（今哈密市）人民医院后，当年私人诊所的医生们全部转为国家在编的医生，王云田却仍是一名民间医生，直到1969年病故。当时哈密县（今哈密市）境内较有名的民间医生还有排都拉·索巴、徐诚、王舟车等人，在1982年开始编修哈密县志时，王云田作为一位知名的民间医生，与排都拉·索巴、徐诚、王舟车一起，当之无愧地被载入《哈密县志》。

这就是本文开始《哈密县志》记述王云田的根由。

二代悬壶创"永康"　济世为民传祖业

王永全还在幼小的时候就目睹父亲帮人接骨治病的过程，熟记父亲接骨过程中的每一个动作，到五六岁时就担任父亲的小助手，帮助扶住固定的夹板，递送固定夹板的带子等；父亲给病人扎针时，他就按照父亲的要求，帮助用艾条炙烤。到十一二岁时，父亲在接骨过程中经常给他讲解捏骨的方法和捏骨的感觉，针灸时给他讲解人体的穴位、进针的方法、转针的要求、艾灸的时间与注意事项，以及遇到晕针时的急救方法。在焙制祖传接骨中药时，给他讲解焙制的火候、配制的品种与作

用，每次服用的最低量与最高量。王永全是一个聪明、对专业喜爱钻研的人，在长期的耳濡目染中，他对接骨、针灸已经掌握了一定的知识与技能，加上他经常阅读父亲的有关医学书籍，研究父亲的每一个处方，对父亲处治的常见病做到耳熟能详，所以偶尔在父亲外出时来了常见病的病人，他就主动帮助处治。1964年，王永全初中毕业，那个年代初中毕业生升学率很低，王永全初中毕业后就回乡参加生产队（生产大队今称村，生产队今称组）的劳动，可在第二年的社员（即今之农牧民）大会上他却被社员们民主选为生产队副队长（政治队长）。此时他父亲已经年过花甲，身体状况每况愈下，有时来了骨伤科严重病人，独立治疗已经力不能支，所以王永全自然成了父亲的帮手。随着时间的推移与他父亲身体状况每况愈下，来了就诊的病人，在他父亲的指导下，逐步替代了父亲，承担治疗的全部过程。1968年，"文革"将社会秩序引入更加混乱的阶段，农村卫生员、保健员改称"赤脚医生"，开始独立为群众看病。这是一个时代性的产物。王永全继承父亲的祖传医术，治疗效果又好，病人又十分信任，所以当时卫生行政管理部门认为他的医疗知识与技术比许多"赤脚医生"要靠谱得多，加上有其父亲为其指导，保证了医疗效果，所以对王永全为群众治疗疾病的事情自然会采取支持的态度。1969年，王云田病故，王永全完全替代了父亲为前来求医的病人治疗疾病。此时，王永全有了两种人身角色，一是生产队副队长，当时中国农村最基层的不脱产干部；二是以骨伤科为主以针灸为辅的民间中医医生，偶尔也为内科、妇科病人开处方治疗。尽管这两种人身角色互不关联，但在"文革"那个特殊的年代里，却真实地存在于王永全的现实生活中。

1976年1月，贺加·沙力调任回城公社革委会主任。当时"四人帮"还没有被粉碎，各单位工作还处在极度混乱中，县医院虽然已经成立了"革委会"，但资产阶级派性还严重存在，社员（即农牧民）看病相当困难。贺加·沙力主任看到公社医院共有3人，大夫只有1人，远远不能满足社员医疗需要，从方便社员（即农牧民）看病出发，决定扩建公社（今称乡）医院，但是大夫哪里来呢？从县医院调医生到公社工作，在当时情况下显然是不可能的，这就想到大营门大队第一生产队能看病的副队长王永全。经过公社党委讨论，利用公社一个计划生育专干指标，将王永全转为国家干部，责成王永全负责扩建公社医院。在王永全的努力下，新的公社医院于次年建成，公社任命王永全担任副院长，主持医院工作，王永全组织在这期间调入的医护、行政人员，设立针灸与中医内科、西医儿科、妇科、化验、防保等科室，接诊常见病、多发病就诊病人。从此，王永全从一个民间医生正式转入国家一个基层医院从事管理与职业医生的双重工作。当时王永全主要负责中医内科与针灸就诊病人，也接治中医儿科与中医妇科就诊病人。

1976 年 10 月，"四人帮"被粉碎，给党和国家带来深重灾难的"文化大革命"终于结束，中国共产党于 1978 年 12 月 18～22 日在北京召开十一届三中全会，决定从 1979 年起，把全党工作重点转移到社会主义现代化建设上来的战略决策。在"文革"中遭到"四人帮"破坏的党的各项方针政策逐步恢复，卫生部门于 1979 年对未取得医师资格的各类从医人员进行考试，王永全在这次考试中取得了中医内科助理医师资格，1999 年 5 月取得中医内科医师资格。1984 年 5 月，王永全被哈密地区（今哈密市辖区）劳动人事处、哈密地区（今哈密市辖区）科学技术委员会评为哈密地区（今哈密市辖区）科技工作先进工作者。1984 年 7 月，在政协哈密市第二届委员会第一次会议上，王永全被推荐为市政协委员，历经三、四、五、六届，王永全连续五届为哈密市政协委员，并于 1994 年、1995 年、1996 年、1997 年连续四年被评为哈密市政协优秀委员。1993 年王永全从回城医院副院长岗位上退休，但在两年后的 1995 年，在哈密市卫生局局长马明辉的支持下，王永全成立"哈密永康骨科医院"，填补了哈密市区没有骨科专科医院的空白。

王永全不仅医术医德上完全继承父辈的衣钵，在为社会奉献上力求

发展。他在回城医院为病人施治，用药与治疗各项费用均按国家规定由医院收费，但骨科病人往往都是到他家中求医，有时在医院接诊，用他祖传药物仍在他家中进行，收费原则仍然继承他父亲的做法，尽管每包药也有基本定价，但对生活拮据的病人往往是给多少就是多少，不给钱也治病。据铁路退休职工张丽琴回忆："1985年7月，我5岁的儿子王鹏因看电视《射雕英雄传》，学习剧中人物武功，站在煤房上往下跳，当即左胳膊的桡骨与尺骨同时骨折，送到医院，医生认为必须立即手术，我认为孩子小，害怕留下残疾，托王鹏的姑妈市委组织部干部王桂英送到王永全处，王永全将孩子骨折处捏合，夹板固定，服用他的祖传药物，两个月后骨折处愈合很好，王永全又为孩子胳膊肘关节的功能进行耐心复健，又经过一个多月，王鹏的胳膊功能恢复正常，运用自如，几十年过去了，孩子就像从未骨折过一样。王永全不仅使我的儿子避免了一次手术的痛苦，而且花费也极少。当时王永全的祖传药每包10元，第一次给药15包，是按价收费的，此后不仅多次给药未收费、为其胳膊功能复健与用药未收钱，而且我的友人骨折托到我向他要药，他也是无偿赠送。王永全医技高，对病人尽心尽力，初期治疗，他每星期都主动上门复诊，病情稳定后，也是十多天就来看望一次，他这种精湛的医技和良好的医德使我对他十分敬重。王永全重情义，讲人情，此后对我儿子王鹏的成长和工作又给过很多帮助，使我十分感动，对他们一家人的好处我无以为报，只得将王永全认作哥，将他爱人陈月英认作嫂子，当作亲戚往来。几十年来，我们一直亲如一家。"哈密立全中医诊所医生张立新回忆说："1976年8月，我扒火车摔下，小腿三分之一处粉碎性骨折，我父亲将我送到铁路医院，当时铁路医院还没有骨伤科，医生将我骨折之腿用石膏固定，谁知骨折伤口发炎，我高烧不退，骨折伤口流出脓血。当时我家兄弟姐妹共有五人，还有爷爷、奶奶、外公、外婆需要赡养，全家人仅靠我父亲73元多的工资维持生活，实在无力将我送到内地医院治疗。后来我高烧昏迷，在医院认为我已经治疗无望的情

况下，我父亲听人介绍王永全骨科医技情况，抱着碰运气的想法，找到王永全。王永全看后沉思许久，对我父亲说：骨折已经形成现在这个样子，应该先退烧消炎，保住生命。他开了处方，我们到医院中医部抓药。吃了他的几剂药后，我从昏迷中苏醒了过来，父亲与家人对王永全的医疗技术充满希望，继续吃他的处方中药。初期，王永全三两天就来复诊，观察病情变化，随时调整处方用药，病情稳定后每个星期来复诊一次，继之十来天来复诊一次，这种治疗过程一直持续一年零两个月，我的骨折伤口脓血终于停止，伤口终于封口，畸形愈合。虽然留下走路有点跛的残疾，但我的生命保住了，加上王永全在整个治疗过程中没收任何费用，真的使我们全家人感激涕零。我认为王永全从死亡线上将我拽了回来，给了我第二次生命，发自内心地认王为干爹。王永全看我是个孩子，却腿留残疾，又无学历与专长，将来怎么生活呢？就对我说：'你学中医吧！将来或许是个出路。'我一面跟他在回城医院辨认中草药，研究他的中医处方，研读中医类书籍；一面与内地大学联系函授。或许应了那句'大难不死必有后福'的民谚吧，在 1979 年中医医师资格考试中我的成绩合格，取得了中医内科医师资格。当时参加考试的有数十人，我是取得资格的三人之一，另两人不久就被医疗部门录用了，唯我因为腿有残疾而被关在医院大门之外。怎么办呢？王永全与我的父母鼓励我坚强起来，自力更生，创办中医诊所。1983 年 4 月，经工商与卫生部门批准，我在铁路地区创办中医诊所，以我名字中间'立'字和王永全名字的第三字'全'字命名，称为'哈密立全中医诊所'，表示我对王永全恩德的感激之情。诊所开张初期，人们对我不了解，就诊病人寥寥，此时王永全又伸出援助之手，周末回城医院休息，他就到我的诊所坐诊，将他的人脉和影响带给我的诊所，直到一年后我的影响在铁路地区员工中形成后，他才完全脱离诊所。这些事已经过去 30 多年了，但现在回想起来仍然历历在目，犹如昨天。王永全治好了我的疾病，挽救了我的生命，又指导、带领、扶助我立业，这个恩情深入我的

骨髓，印入我的心灵，几十年来，我与王永全一直亲如父子，与王永全的子女们也亲如同胞兄弟姐妹。"1987 年 8 月，哈密卫校教师周玉霞到苏州探亲，因为雨水冲坏了路面，汽车颠簸，她的第一腰椎被汽车椅背颠成压缩性骨折，苏州医院告诉她治疗方法是躺在硬板床上静卧三个月。返回哈密后突然发现腹胀，不能进食，王永全得知后，一面与地区医院针灸大夫杨忠尧研究针灸穴位、进针的深度、运针方法等，一面服用他的中药，经过两天的反复针灸、治疗，终使腹胀缓和。之后一面服用他的祖传中药，一面按照他的嘱咐，每天用花椒水热敷骨折处。初期，他每隔三两天就主动来复诊一次，询问服用他的药物的感觉，热敷后的变化，病情稳定后就每个礼拜来一次，直到近三个月后能站起行走为止。周玉霞痊愈后，夫妻俩将他请到家中，一是表示感谢，二是要付给报酬。王永全却诚恳地说："你是卫生学校的教师，为哈密培养卫生人才费尽心血，我是个医生，应该是同行，在你有病时尽一点微薄之力还谈什么报酬呢?!"从此，周玉霞夫妻与王永全夫妻结为挚友，数十年来一直保持亲密往来……

　　王永全高超的医技和对病人尽心竭力、一心一意做奉献的故事在绿洲俯拾即是，分别荣获自治区第二轮修志优秀成果一等奖、自治区第九届哲学社会科学奖优秀奖的《哈密市志》记载："王永全精湛的医术和高尚的医德医风，被人们传为佳话。1991 年 6 月的一天，四川省彭水县 25 岁的土家族青年戴学才在哈密打工时，意外地将右脚内外踝骨摔成粉碎性骨折，疼痛难忍，慕名找到王永全院长。由于病人身无分文，乡医院接受治疗有困难，王永全毅然决定将戴接回家治疗。经他 40 多天的精心治疗和护理，戴学才痊愈，仅药费一项就达 1148 元，但王永全分文未收，戴学才临别时感动得连连磕头。1995 年 12 月 31 日，哈密市开采的南湖煤矿发生塌方事故，陕西榆林打工青年马强在事故中受伤，送往某医院急救，该院检查后认为'急救无望'，拒收治疗，无奈被送到已经退休的王永全家。病人当时伤势十分严重，右踝和右下肢肿

胀变形，大小便不畅，神志不清，呈休克状态。望着这个危重病人，王永全二话没说，当即进行抢救治疗。这一治疗就是4个月，马强不仅被救活，而且恢复了健康。1993年首届哈密瓜节期间，被邀请的哈萨克斯坦代表团领队在哈密观光时，不慎摔伤，送至王永全家进行紧急救护。由于医术高明，这位领队的伤仅一两天就好了，友人伸出大拇指夸赞说："这位医生太高明了，如果我的国家也有这样的医生该多好啊！'"1994年，老爷庙开关期间，3位蒙古国客商在巴里坤发生车祸，有的胳膊骨折，有的踝骨骨折，当即送到王永全家治疗，王永全很快治愈了他们的骨伤，客人们十分满意。王永全从医30多年来，经他治愈的病人已难统计清楚，"精医盖世""华佗再世"等赞美他的锦旗与匾额记载着王永全一生的艰辛和救死扶伤、无私奉献的成果。《亚洲中心时报》1997年10月9日以"救死扶伤 无私奉献"为题，发了该报通讯员李培松（从哈密市经协办主任岗位上退休，中共党员）的文章，对王永全的事迹进行了报道，这篇文章在讲述王永全救治陕西榆林打工青年马强过程后说："一个被判为'死刑'的人，叫王医生救活了，不能不说是一个奇迹。人们要问：120天治疗的'钱景'如何？王永全实际耗资3000元，可病人身上只有400元，也算是交了费。这不是太亏了吗？王永全说不亏，他心里感到很甜，因为他又救活了一个人。"文章接着又说："1995年5月20日，一位甘肃金昌人乘车来哈密，在三道岭地段发生车祸，外背侧砸伤，创口10×5厘米，周围软组织挫伤明显，腓骨断裂，胫后断裂，右脚踝骨骨折，受伤后先后在三道岭矿区医院和哈密地区（今哈密市辖区）医院治疗38天，不仅创伤未愈，而且伤处感染严重，大面积肌肉坏死，脓汁较多，腐汁自行外流，伤处呈紫褐色，发臭，出虚汗，自感寒冷。病人在无奈的情况下，求王永全治疗。王永全想：接收别人未治好的病人是要冒风险的，但如果不接收治疗，拒之门外，病情将会出现更严重的恶化，甚至危及生命，这是一个医生的职业道德所不能允许的。经过反复思考后，他下了狠心，治！经

过反复诊断，王永全认为，病人在上述两所医院医治过程中，因为病情发生了转变，使用抗生素过多，导致出现当前状况。王永全当即改用中草药，采用补气回阳、祛腐生肌法治疗，果然有效，两个月后病变得到遏制，创口得以愈合。病人回到金昌不久就寄来一面锦旗，赞扬王医生'医德高尚，妙手回春'。"

王永全不仅医技高、医德好，他还十分关心公益事业，尽其全力为山区、牧区贫困农牧民送医送药，哈密市政协办公室原主任李汉森回忆："我在政协办公室任职期间，委员王永全年年倡议卫生系统委员到山区、牧区给贫困农牧民送医送药，他自己首先带头捐资捐药。到山区、牧区送医送药时，他还叫自己的儿子、儿媳妇随行，用自己与政协委员的实际行动对自己孩子进行教育。记得那段时间，他年年都被评为优秀委员。"市政协原副主席夏以银回忆："我在政协任职期间，卫生系统委员开展给山区、牧区贫困农牧民送医送药活动时，我每年都是活动的带队，王永全每年都要捐出千元以上药物，当时山区、牧区生活很艰苦，交通也十分不便，王永全等委员为贫困农牧民看病总是夜以继日，有时为了一个病人，他们要步行二三十千米，全心全意，不辞辛苦。现在过去已近 20 年了，每次想起他们当时下乡时的热情与辛苦，对他们的高尚品德还有一种敬意。"《亚洲中心时报》1996 年 5 月 23 日以 "哈密市政协组织医务人员为贫困山区免费送医送药" 为题报道："在第十四个民族团结宣传月来临之际，哈密市政协科教文卫体工作委员会组织卫生界部分委员，到白杨沟、板房沟等山区开展为贫困农牧民送医送药活动。政协委员、退休骨科名医王永全自己出资 1685 元，购置药品 37 个种类。白杨沟、板房沟等山村在一条深山沟中，交通不便，信息闭塞，农牧民看病是一大困难。医生们经过一路的颠簸，一下车后，不顾劳累，就开始为贫困牧民看病。在白杨沟、大力奇、板房沟三个自然村中，几位名医都认真仔细地为农牧民诊治病患，并针对山区的常见病和多发病情况，不厌其烦地为每位病人讲明服药方法及常见病的

预防措施。医生们还对有些卧床不起和行动不便的病人送医药上门。一天中，医生们共诊治病人 370 多人次，赠一次性针管 38 支。此次活动受到天山乡党委、政府及山区牧民的一致好评，并对王永全同志这种高尚品德给予了高度赞扬。"《哈密报》1997 年 5 月 14 日以《政协委员献真情　送医送药为牧民》为题报道："5 月 6 日，哈密市政协组织科教文卫体工作委员会部分成员：著名骨科医生王永全委员、哈密市医院外科主任黄光振委员、地区中医院维吾尔族主治医师买买提·艾力委员、地区医院妇产科护士徐云芳等一行九人，开展了为德外里都鲁克乡贫困农牧民送医送药献真情活动。在德外里都鲁克乡且且村，牧民听到市政协委员送医送药的消息，纷纷扶老携幼向村委会所在地涌来，委员们不顾一路的劳累，立即摆开阵式为牧民们诊治，同时详细了解山区的常见病和多发病情况，对一些行动不便的病人，王永全就亲自送药上门。对前来就诊的牧民们都耐心地讲解常见病的预防措施和各种药品的服用方法，随后大家又驱车赶往克克井村。"在 2003 年"非典"的防治中，王永全也积极出力献策，为防治"非典"尽心尽力。《都市消费晨报》于 2003 年 5 月 1 日报道："……作为关卡之一的星星峡镇，由于成立时间短，医疗设备匮乏，没有诊断'非典'的仪器 X 光机。哈密永康骨科医院医生王永全得知此事，立即捐赠了一台 X 光机，而且还专门派遣自己的儿子——哈密市医院副院长王峰斌把仪器送到 200 多千米外的星星峡，亲自进行安装，直到能够正常使用时方才返回哈密。"

王永全，一位在瓜乡成长起来的祖传骨科医生，始终将自己的大爱洒向瓜乡大地，不断将父辈的医术、医德推向新的层面。2006 年，花甲有二的王永全，在健康日见下衰后，决定将哈密永康骨科医院交给大儿子王丰峻管理，在瓜乡培养王氏祖传骨科医技的第三代传人，发展王氏祖传的骨科医术。

三代悬壶重创新　祖医融入现代学

王丰峻生于 1967 年 12 月。还在幼小的时候，看到骨伤科病人来时

疼痛得大呼小叫，经他父亲将骨折处捏合固定，服药不久，痛楚就会减轻，病人就会逐渐平静。王丰峻觉得父亲很有本事，医生这个职业很神奇，能够救人于病痛。所以每次来了骨伤科病人，他总是不离左右，搭手帮忙，默记父亲捏骨过程的每一细节。后来上了学，初知"为人民服务"的含义，他觉得医生这个职业，救死扶伤，是为人民服务的最好体现，决心要将父亲的绝活学到手，将来也当一名与父亲一样有本事的医生。1985年7月高中毕业，当年没有升入大学，但却当了兵，部队将他分到连队当卫生员，他喜出望外，一面按照连队的要求，做好卫生员的各项工作；一面挤出时间学习各类医学书籍，为将来当医生这个人生追求积累知识。光阴似箭，一晃三年，当兵生活结束，从部队转业，被分配到雅满苏矿工作。尽管当时占一个干部指标，这在当时复转军人中是十分难得的，但他离父亲太远，与继承父亲祖传医学的人生追求客观上拉大了距离。怎么办呢？他反复思考，一方面觉得，已经分配的工作在现行体制下是不能放弃的；一方面觉得要改变现状，只能依靠自己努力。这个"努力"，就是通过上学这个渠道，改变自己的工作环境和人生命运。或许是老天爷有成全王丰峻执着追求的心意吧，他在第二年的成人考试中被新疆大学行政管理专业录取。尽管这个专业与医学是风马牛不相及的事，但毕竟是大学，在大学这个新的天地里可以学到更多的知识。他相信丰富的知识可以增强他对祖传医学的理解与运用，提高他行医做人的素质。所以他在大学学习是努力的，成绩是优秀的。一晃四年，大学生活结束，王丰峻被分配到哈密市人事局工作，这在同届毕业生中被认为是最好的工作单位之一，王丰峻在欣喜之余，却更看重的是早晚可以看到父亲救治病人的细节，公休日可以做父亲救治病人的帮手，与自己的人生追求更靠近了一点。所以他一面积极做好本职工作，26岁就被任命为人事科长，许多青年人都投来羡慕的目光；一面努力学习中医的有关知识，积极参加中医学大学自学考试，为实现自己当医生的人生追求不懈努力。中医学大学自学考试共有19门课程，就

在他已经过了 12 门的时候，国家却停止了中医学大学自学考试工作，他为未能拿到大学中医学自学考试毕业证书而感到懊恼。世界上的事总是"福无双至，祸不单行"，就在王丰峻深感懊恼的时候，组织上任命他为大泉湾乡副乡长，职务上晋升了，但他却离开了家，失去早晚跟随父亲学医的机会，加上农村工作千头万绪，他自学的空间相对也被挤小了。王丰峻是一个执着追求的人。面对新的情况，他一是认真做好本职工作，认为这是对一个共产党员的基本要求；二是当医生的追求不能动摇，早晚学习，创造机会。恰巧此时国家于中医执业医师资格年度考试仍在进行，他下定决心，积极参加中医执业医师资格考试。2003～2006年，连续 4 年考试，均未通过。就在这个时候，父亲决定跟随小女儿到加拿大小住，将"哈密永康骨科医院"的管理交给他这个长子。此时的他，一因在乡政府担任领导，确实没有更多的时间去管理医院；二因他还没有取得中医医师资格，不能以医生的身份参加具体的医疗工作。可父亲的决定又无法改变。怎么办呢？他思考再三，决定一面将红星四场医院中医大夫曹坚以高薪聘来主持永康骨科医院业务工作，一面拼命学习中医有关知识，继续参加中医执业医师资格考试。又经过两次考试，功夫不负有心人，2008 年王丰峻终于取得了中医执业医师资格证书。恰在此时，政府出台行政干部可以停薪留职领办或创办企业的文件，王丰峻研究了文件精神，认为这是天赐良机，当即向领导提出离职领办企业的要求。当时市政府仅批准两人离职领办、创办企业，他是两人之一。但他考虑永康医院是父亲创办的私营医院，不存在太大的风险问题，加上他已经取得了中医执业医师的资格，所以就以退休的形式离开了工作单位。

从此，41 岁的王丰峻，终于正式穿上了医生的白大褂，坐到哈密永康医院中医诊断桌后，开始他追求数十年的救死扶伤的医生生涯。

王丰峻也是一个"一朝权在手便把令来行"的人。他从以中医执业医师的身份主持永康骨科医院工作的第一天开始，就着手对医院进行

改革创新。首先聘请各类专业人员，健全常见病、多发病的基本科室，方便病人就诊。现在永康医院有中医、外科、内科、结石、检验、放射、住院部以及财务等科室，工作人员达到 27 人。二是对药品明确定价。按照一级医院西药可以上浮 15%、中药可以上浮 30% 的规定，永康医院以这个标准为药品价格的最高限。功能检查费用同样按照一级医院的规定，明确收费标准。但对生活拮据的病人，一可下浮价格，二可免收其费。总的原则是继承、发扬祖辈传统，没钱也治病。三是对祖传骨科治疗方法进行改革。利用现代诊断手段，将祖传的"中医整骨，手法复位"放在 X 光下进行，保证复位率达到 99%。将夹板固定改为石膏固定，减少骨折复位后移位的可能性。对祖传中药积极申报国家鉴定，批准定名。经有关部门鉴定后初步定名为"骨继散"，现在正在审批过程中。四是降低住院率，减轻病人经济负担。永康医院创办时，批准床位为 50 张，但实际只有 20 张床位。王丰峻考虑：对本地可以行动的骨伤科病人，复位后尽量不令其住院，一可减轻病人的经济负担，二可留下床位让外地病人入住。即使是巴里坤、伊吾等地病人住院，骨伤稳定后也立即劝其出院，回家服药，定期复查，减轻病人负担。五是优化服务观念，提倡微笑服务。掌上新疆网站于 2016 年 2 月 2—13 日对 2015 年哈密人最满意医院进行评选调查指出：当今"医闹"新闻层出不穷，如何帮助病人选择最佳医院就医，是民众生活中的一件大事。倡议网民对市区各类医院以《哈密人最满意医院》为题，进行投票，评选出哈密人最满意的医院。结果哈密永康骨科医院以 473 票荣获"哈密人最满意医院"的第三名（惠康妇产医院 561 票，获第一名；哈密市人民医院 547 票，获第二名），哈密永康骨科医院全体医务人员的优质服务得到社会的广泛肯定。

王丰峻主持哈密永康骨科医院工作后，不仅将永康骨科医院的管理向前推进了一大步，逐步走向规范化；而且全面继承祖辈精湛的医疗技术与高尚的医风医德。据中共党员、在职干部肖新民回忆：我的岳父王

岁茂于 2008 年摔倒，股骨颈骨折，当即送到地区某医院，医生诊断后决定手术，用钢卡固定，我们子女考虑，老人年已八旬，钢卡固定需要一次手术，将来取钢卡还要一次手术，八旬老人，虽然尚还健康，但也禁不起这样折腾，经老人同意后送到永康骨科医院，王丰峻用中医手法复位，用石膏固定，卧床牵引，服其祖传中药，约到两个多月时就可挂拐行走，X 光复查，愈合很好，又经一个多月服药就完全康复了。三年后又一次摔跤，将大腿骨摔出裂缝，这次永康骨科医院王丰峻诊断后，认为只需要服其祖传中药，不需固定，但在初期其腿不能着力。两个多月后复查，骨裂已经愈合。我岳父今年已经 87 岁了，拄着拐杖，行动自如。肖新民感慨地说："在永康骨科医院治疗骨伤科疾病，一是医技高，手法复位，准确度高。服其祖传中药，骨质再生快。二是费用低。像我岳父股骨颈断裂，如在三甲医院，那花费就大了，但在永康骨科医院只要几千元就可以了。"地区车管所在职干部闫兴兰，女，53 岁，中共党员。2011 年 9 月，被电动车从背后撞倒，左腿的胫骨与腓骨同时被撞骨折，地区某医院认为必须手术。闫兴兰说："因为王家骨科有一定口碑，又是骨科专门医院，所以立即转到永康骨科医院，王医生检查后认为不需手术，采用中医手法复位，石膏固定，一面吃汤药消肿，一面吃其祖传中药促进骨质再生。令我感动的是我在家养病期间，王医生专程到家里回访，了解服药后的效果与骨折处的变化。一个多月后拆掉石膏，X 光检查愈合很好，又经过一个多月的康复，骨折就完全愈合了。现在已历 5 个年头，我上班、参加社会活动均无影响，表面也看不出来，阴雨天也没有感觉。花钱也不多，治疗、药费加起来共 3000 多元。王医生医技高，态度也好，我们家人都很感激。"巴里坤人周香琴，女，65 岁，2016 年 2 月 1 日摔倒，左脚内外踝骨骨折，送到县医院，拍片后医生认为必须手术，老人不同意，又送到哈密永康骨科医院，因为拖延了时日，骨折处出现炎症，王丰峻一面对发炎处涂抹中药粉，一面让其服中药汤药，第八天皮肤炎症消失，王丰峻用手法复位，

石膏固定，并服其祖传中药。到第 10 天时王丰峻劝其回家服药。周香琴儿子王建国说："三天前我们去拍片复查，片子上骨折处几乎看不出来，说明骨折愈合度很高。永康医院收费也低，我母亲的骨折治疗到今天已经整整一个月，住院、治疗、用药加在一起，总共仅有 5000 多元。"笔者在永康骨科医院遇见病人张慧珍，甘肃张掖人，女，在哈密打工，2015 年 9 月 5 日从脚手架上摔下，右腿在脚腕处摔断，立即送到地区某医院，石膏固定，到去掉石膏时发现骨折处是错位吻合，走路疼痛，怎么办呢？其朋友介绍，他在骨折时经永康医院治疗效果很好，于2016 年 2 月 10 日到永康医院就诊，医生告诉她们：现在是错位愈合，要改变当前愈合状况，既要手术，花费又大，人也受罪。劝她一用中药煮水，洗敷骨折处，舒筋活血；二是服用他的祖传中药，促进骨质生长。20 天后疼痛消失，效果显著。20 天治疗与药费共计 400 多元，这个费用对打工人来说，还是可以承担的。笔者还遇到病人王淑芸，女，哈密地区（今哈密市辖区）气象局退休职工，于 2016 年 2 月 4 日摔倒，左手桡骨靠近手腕处骨折，永康医院医生拍片，认为骨折并未错位，所以不需要固定，服用其祖传中药，促进骨质生长，效果很好，对永康医院医生的医技与医德都心存赞意。类似的例子，俯拾即是。随便哪一天上午走进永康医院门诊部，都会看到数十名病人等待就诊。据王丰峻介绍：平均一天门诊就诊量在 50 名左右。在仅有 40 多万人的城市中，国营大型医院就有 7 家、乡镇医院与社区门诊部遍布城乡、私营医院与门诊多达数十家的情况下，永康骨科医院日均门诊量仍能高达 50 名左右，显然是永康骨科医院精湛的医技与良好的医德赢得民心的结果。

王丰峻将祖传接骨中医的管理与治疗融进现代理念，一定会将"永康"骨科不断推向新的高峰。

尾声悠长

从王云田 1929 年到哈密落户、开启王氏家族以祖传中医接骨为主

的为瓜乡民众医治病痛算起，至今历经三代，王云田在瓜乡行医40年，我们在采访中未听到一例医疗事故的传说，听到的都是对王云田医技与医德的称赞；王永全虽然于2006年将哈密永康骨科医院的管理权交给儿子王丰峻，但他只要在哈密，不是在门诊上坐诊，就是为儿子焙制祖传药物与指导王丰峻诊治疑难杂症，与其父一样，称赞声遍及城乡，有的远达乌鲁木齐与内地省区；王丰峻从2008年取得中医执业医师资格证开始，直至现在其中医接骨在瓜乡民众中已经蜚声鹊起，我们见到的不论是痊愈多年的病人还是正在复诊的病人，对他的医技与医德都是称赞不绝。

病人，永远是医院、医生医技与医德最基本、最权威的评判员。瓜乡民众对王氏家族三代行医的广泛赞颂，是对王氏家族医技与医德的充分肯定。

王丰峻，王氏祖医的第三代传人，在现代管理与现代科学的滋润下，一定会放射出更加炫目的光芒。

（刊登于《同舟》杂志2016年第2期）

后　记

　　正值《哈密往事》一书脱稿付审之际，市委宣传部传来主持运筹"一带一路大型系列丛书"的中央民族大学出版社同意将《哈密往事》一书纳入"一带一路大型系列丛书——新疆是个好地方"，消息传来，着实给我带来了惊喜。所以，《哈密往事》一书面世，要感谢市委宣传部的领导和朋友。

　　因为作者水平有限，书中不妥之处在所难免，恳请广大读者与专家、学者提出批评、建议与意见。

作　者

2017 年 3 月